KB115445

소중한 마음을 가득 담아서

＿＿＿＿＿＿＿＿＿ 님께 드립니다.

STICK **사랑합니다. 스틱!** 스틱은 당신을 응원합니다.
가까이 있는 당신을 생각합니다. 멀리 있는 그대를 그리워합니다. 가족을 사랑합니다.

아내를
쏘다

지은이 **김용원**

중학생 시절부터 커서 시인이 된다면 세상에 부러울 것이 없을 것이라고 생각하며 성장했다. 논문은 물론이고 시, 수필, 소설, 평론, 칼럼, 시나리오 등 장르를 불문하고 글쓰기 모든 영역의 창작활동을 지향하고 있다. 매년 책을 한 권씩 낼 만큼 왕성한 활동을 이어오고 있으며 『어머니의 전쟁』을 쓰고 난 이후부터 '좋은 작품은 운명처럼 찾아온다.'라는 신조가 생겼다. 검은색을 선호하고, 창이 넓고 천장이 높은 장소에서 글쓰기를 좋아한다. 평소 많이 걸으며, 특히 강과 바닷가를 배회하며 일상을 반성하고 새로운 결단을 하는 습관이 있다. 시대의 고민을 허심탄회하게 얘기하고, 이 땅에 사는 도움이 필요한 사람들에게 꿈과 용기, 희망을 불어넣어 주는 작가가 되기를 꿈꾼다.

숭실대 대학원에서 가족법을 전공하여 박사학위를 받았다. 문학에 대한 그의 열망은 시인, 작가로서의 길을 걷게 했다. 저서로는 『대통령의 소풍』, 『남편의 반성문』, 시집 『시가전』, 『당신의 말이 들리기 시작했다』와 소설 『어머니의 전쟁』, 에세이집 『언젠가는 엄마에게』, 『닮다 그리고 닳다』, 『곁에 두고 읽는 손자병법』, 『미친 사회에 느리게 걷기』가 있다. 부경대, 숭실대 법과대학 강사를 역임했다.

앞으로 우리 다시는
헤어져 살지 말자

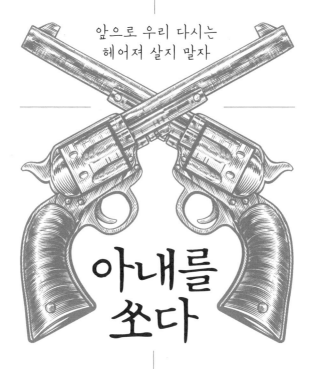

아내를
쏘다

김용원

STICK

안절부절 김 일병의 편지정치

아내를 쏘다

초판 1쇄 인쇄 2018년 5월 8일
초판 1쇄 발행 2018년 5월 14일

지은이 김용원

발행인 임영묵 | **발행처** 스틱(STICKPUB) | **출판등록** 2014년 2월 17일 제2014 - 000196호
주소 (우)10353, 경기도 고양시 일산서구 일중로 17, 201 - 3호 (일산동, 포오스프라자)
전화 070 - 4200 - 5668 | **팩스** 031 - 8038 - 4587 | **이메일** stickbond@naver.com
ISBN 979-11-87197-12-6   03810

Copyright © 2018 by STICKPUB Company All rights reserved.
First edition Printed 2018. Printed in Korea.

- 이 도서는 저작권법에 따라 보호받는 저작물이므로 무단전재와 무단복제를 금합니다. 이 도서 내용의 전부 또는 일부를 재사용하려면 반드시 저작권자와 스틱(STICKPUB) 양측의 서면 동의를 받아야 합니다.
- 이 도서에 사용한 문화콘텐츠에 대한 권리는 각 개인 및 회사, 해당 업체에 있습니다. 연락이 닿지 않아 부득이하게 저작권자의 동의를 받지 못한 콘텐츠는 확인되는 대로 허가 절차를 밟겠습니다.
- 잘못된 도서는 구매한 서점에서 바꿔 드립니다.
- 도서 가격은 뒤표지에 있습니다.
- 이 도서의 국립중앙도서관 출판예정도서목록(CIP)은 서지정보유통지원시스템 홈페이지(http://seoji.nl.go.kr)와 국가자료공동목록시스템(http://www.nl.go.kr/kolisnet)에서 이용하실 수 있습니다. (CIP제어번호: CIP2016026600)

[원고투고] stickbond@naver.com
출간 아이디어 및 집필원고를 보내주시면 정성스럽게 검토 후 연락드립니다. 저자소개, 연락처, 제목, 기획의도, 핵심내용 및 특징, 목차, 원고샘플(또는 전체원고) 등을 이메일로 보내주세요. 문은 언제나 열려 있습니다. 주저하지 말고 힘차게 들어오세요. 출간의 길도 활짝 열립니다.

스틸드·스탠즈 S041 | 표지 (한국제지) 아르떼 밴숀 210g/㎡ | 본문 (한국제지) 미색 백상지 100g/㎡

앞으로 우리 다시는
헤어져 살지 말자

편지를 쓸 당시 나는 박사과정을 밟고 있었고 결혼을 하여 한 아내의 남편이자 돌이 지나지 않은 한 여자아이의 아버지였다. 석사장교 시험에 떨어지는 바람에 뜻하지 않게 군대에 입대해 불투명해진 미래와 가족과 헤어져 살아야 하는 일로 거의 미칠 지경이었다. 내가 미쳤어야 하는 때가 있다면 바로 이때였을 것이다. 그만큼 혼란스러웠으며 세상이 원망스러웠다.

그때 내 감정은 거칠어질 때까지 거칠어져 있었다. 설상가상으로 수사정보 주특기를 받아 논산 훈련소에 갔는데 군사정권이라 데모가 많아 컴퓨터 추첨으로 전경에 차출되어 시위현장에 동원되었다. 사랑하는 아내와 딸아이가 있는 집으로 속히 돌아가고 싶었지만 돌아갈 수 없었다. 세월은 나를 놓아주지 않았고 감옥과 같은 그곳에서 시간이라는 판관의 심판을 기다려야만 했다. 나갈 수 없는 수원의 전경 기동대에서 아내가 있는 부산을 향해 편지로 가정을 통치하고 편지로 사랑을 하소연하는 편지정치와 편지사랑을 했었다. 그때 쓴 내 편지는 내 생각과 사상과 바람과 욕심과 그리움을 담고 있다. 갈 수 없는 그곳에 내 몸과 마음을 가닿게 하려고 말도 아닌 명령과 주문과 사정을 편지로 썼다.

어떤 편지에서는 도무지 제정신이 아니라는 생각이 들기도 한다. 군에 들어가자마자, 빠져나가려는 몸부림을 치는가 하면 편지의 문체를 보면 아내에게 반말을 하다가, 경어를 쓰기도 하는 등 오락가락한다. 영어의 몸이 된 이때가 사랑을 시험하고 단련하는 기간이라는 합리화를 주저하지 않는다. 당연히 밥 짓고 빨래하는 사회의 일상을 천국으로 그리워한다. 아내에게 헌책방에서 소설책을 사서 보내며 독후감을 써서 올리라고 하는가 하면 나의 글을 아내의 이름으로 문학상에 응모하게 하여 상금을 타면 놀러 가자는 모의를 하기도 한다.

잔인한 것은 세월이었다. 하지만 나는 세월에 지지 않았다. 긴 편지로 멀어지는 사랑을 확인하려고 애를 썼고 세상으로부터 잊히지 않기 위해 세상을 향해 편지를 내 보냈다. 그 많은 편지를 날린 덕분에 아내는 잘 견뎌주었고 나는 군 시절 동안만 잠시 묶인 몸으로 지냈을 뿐 다시 일상으

로 돌아올 수 있었다. 그 시간들이 있었기에 아내와 나의 사랑은 더욱 굳어졌으며 나는 군대 가기 전보다 더 단단한 사람이 될 수 있었다. 다시는 사랑하는 사람이 헤어져 살아서는 안 된다는 깨우침 덕분에 결혼한 주변의 사람들이 그들의 성을 허물 때 나는 굳게 성을 지킬 수 있었다.

그리운 만큼 사랑할 수 있다. 아내와 나의 그리움은 바다처럼 깊었으며 우리는 그리움의 깊이만큼 오래오래 사랑할 것이다. 나는 살아가면서 군 시절 나를 기다리며 아이를 혼자 키운 아내를 생각하면 어떤 희생을 해서라도 행복하게 해 주고 싶다는 결심을 한다. 군 시절 동안 헤어져 지낸 것은 백 년을 해로해야 하는 부부의 처지에서 볼 때 한마디로 로또를 맞은 것으로 생각한다. 그건 고통이었지만 축복의 시간이었다. 신은 언제나 공평하다. 당시 내가 썼던 편지는 나의 무기였다. 내가 살아 있음을 알리는 수단이었고·나의 그리움을 전달하는 가장 강력한 메시지였다. 그 시절의 편지글들을 이렇게 책으로 엮게 되니 나로서는 행운이 아닐 수 없다.

목차

편지는 그리움…
그리움은 힘이 세다.
고로 편지는 힘이 세다….

- 글을 쓸 당시 박사과정을 밟고 있었고 결혼하여 아내와 핏덩이 딸아이를 두고 군에 입대한 상태였다. 불안해진 미래와 그리운 가족에 대한 사랑을 편지로 쓸 수밖에 없었다.
- 군 제대 이후 편지의 존재를 까맣게 잊고 바쁘게 살아왔다. 그러다가 7년 전쯤인가 몸이 불편하신 어머니를 뵈러 부산 고향집에 내려갔는데 그때 2층 다락방에서 보자기에 싸여 있던 군대시절 편지다발을 발견할 수 있었다.
- 이 글들은 편지 내용을 그대로 옮긴 것이다. 책을 만들며 다듬어 매끄럽게 고치고도 싶었지만, 오자와 일부 단어만 바로잡았음을 밝힌다. 개인정보보호 차원에서 일부 이름과 전화번호도 바꿨다.
- 편지내용과 겉봉투 원본들을 함께 실었다. 분실한 것을 제외하고는 작게라도 포함했다.

이번에는 완전한
면제여야 한다

발신 충남 논산군 김용원 올림
수신 부산시 동래구 명륜 2동 100-134 3통 2반 이상철 귀하
1988년 4월 18일

※ 이 편지를 받는 분은 저의 처가 혹시 집에 없으면 75-1233(처가 집)으로 연락해 주십시오.

사랑하는 아내 명숙에게

모든 것이 불운한 운명 탓인 것 같다. 편지 쓸 시간은 곧 오게 될 것이나, 이런 내용의 편지는 쓸 수도 없는데 고마운 분의 도움으로 이 편지를 쓰며 전해질 수 있기를 고대할 뿐이다.

논산에서는 신체 이상자로 국군병원에 갔으나, 그곳 군의관이 2급으로 판정을 내리는 바람에 현역으로 입영결정이 된 나는 지금 논산훈련소에 와 있으며, 곧 훈련에 들어갈 예정이다. 일이 이 지경이 되었으니 대전의 숙부님을 만나라. 대전에는 기차나 시외버스를 타고 역이나, 터미널에서 내려 택시를 타고 〈중리동 중리아파트〉 앞까지 가자고 하여 그곳에서 내려 전화를 하면 된다. 그 집 전화번호는 큰방 벽면에 메모 되어 있는데 대전 452-8091로 기억되는데 찾아가기 전에 미리 전화하고 올라가거라.

지금 밖에는 비가 내리는 새벽 4시다. 전우들이 모두 잠들었다. 내 딸 소희의 얼굴이 생각나지 않는다. 여러 고마운 분들의 배려에도 불구하고 내 운명은 나의 의지와는 달리 빗나가고 있다. 운명을 거역하는 또 하나의 제안을 한다. 이곳의 소식으로는 별자리의 힘이 있으면 빠져나갈 수 있고 또한 그런 케이스가 많다고 한다.

집주인 이 선생님께 도움을 청해라. 이런 문제는 돈도 필요하겠지만, 그 흔한 세상의 돈만으로 되겠느냐? 인간에게는 신뢰할 수 있고 자기 일처럼 생각해 줄 신의가 있는 사람이 있어야 하는데 우리에게 별 단 분들과 그런 유대가 없다. 이 선생님께 인간적으로 간곡히 말씀드려라. 이 선생님의 선배도 별을 단 분이 있다고 하고 우리가 전번에 만난 사람의 친구도 있다고 했으니 그편에 부탁을 드려라.

나는 논산 30연대 2중대 2소대 A 내무반 훈련병 54번이다. 이곳의 소장(☆☆)은 임병화라는 분이다. 연대장은 이강웅 대령이고 나도 남아로서 병역을 기피하고 싶은 진정한 마음은 없다마는 나의 좁은 소견으로는 나이가 들고, 가정이 있고 꿈이 있고 더군다나 핏덩이 딸아이까지 있어 문제가 보통 심각한 것이 아니다. 그래서 하는 말인데 이제 방법은 완전한 면제여야 한다. 방위 같은 것이 아닌. 이곳 훈련은 21일부터 6주간이니 신속히 일을 추진해 주기 바란다.

학교는 법대학장 정 교수님이 알아서 하겠으나, 내 의사는 1학기는 휴학을 하지 않고 전화 오면 명확한 답을 하지 마라. 정 교수님 이외에는.

만일 이 일이 안 된다면 저축은 12개월만 부으면 그 후에는 언제나 찾을 수 있는 일이니 계속해야 한다. 모든 것이 너의 재량이지만……. 참 그리고 23일이나 24일쯤 내 문제 처리에 있어 조언을 주실 민 하사라는 분이 휴가를 가서 여러 가지 참고사항을 말씀할 터이니 기다렸다가 꼭 만나고, 또한 꼭 이상철 씨와 저녁에 만나 이야기할 수 있도록 주선하여라. 그분과 이상철 선생님이 만날 수 있도록.

십오 촉 전등 아래 몰래 쓰는 편지라 두서가 없다. 일이 잘되기를 바라고 안 되더라도 부모님과 잘 상의하여 가정을 지키고 인내를 해다오. 그리고 정상적인 내 군사우편이 날아가기 전에는 일체 이 편지에 대해 답장을 하지 마라. 의심을 받게 되니까. 그리고 편지에는 앞으로 그냥 잘되었다, 못되었다 등으로 표현할 것이고 내가 이야기하기 전에는 밖으로 드러나는 구체적인 표현을 편지에서 언급하지 않았으면 한다. 기도하고 싶다.

[추신 1]
그리고 아이를 둘 낳으면 군에 안 간다는 것은 잘못된 낭설이고 아마 아이 하나 낳고 임신 7개월 이상이면 방위가 된다고 한다. 신 교수 부인에게 부탁하면 해 줄지 모르겠으나, 그래도 방위니 18개월을 마쳐야 하고, 그 일 때문에 스승을 욕되게 하고 새 생명을 아버지 인생을 위한 수단으로 탄생시키고 싶

지 않으니 그 생각은 아예 하지 마라.

[추신 2]

민 하사님이 내려가시면 정중히 저녁과 술이라도 한 잔 대접하면서 많은 이야기를 나누어라. 사무적인 것보다는. 그리고 내가 입대한 후의 그동안의 사정, 앞으로의 일 추진 방향 등에 대해서도 민 하사님 편으로 간단히 알려다오. 아주 많은 이야기를 나누고 장인어른이나, 이 선생님과도 긴밀히 연락하고 나머지 나에 관한 의문사항은 형님집이나 시가댁에 상의해다오. 민 하사님과는 나처럼 부산에 살다 왔다는 인연과 민 하사가 내 대학교 후배라는 것이 알려져서 다른 훈련병에게는 베풀 수 없는 이런 도움까지 받고 있어 내게는 고마운 사람이다. 그럼, 이만.

2레터 〰

내 딸 소희가
보고 싶어요

발신 **충남 논산군 연무읍 죽평리 사서함 14호 김용원 올림**
수신 **부산시 동래구 명륜 2동 100-134 3통 2반 이상철 귀하**
1988년 4월 25일

당신에게

이제 비로써 편지를 쓸 수 있는 시간이 주어졌다. 훈련받고 작업하고 밥 먹고 자고 이것이 일과다. 특별한 일은 오늘이 일요일이라 옆 동료가 나의 머리를 깎아 주었는데 서투른 솜씨 탓에 이상한 모습이 된 것을 보고 서로 쳐다보며 바보처럼 웃고 말았다.

이곳에서 6월 말까지 훈련받고 나면 다음은 내가 군대생활의 마지막까지 지낼 〈자대〉에 배치되어 그곳에서 근무하게 된다. 군인은 조국을 떠 바치고 있는 애국자라고 하는데 과연 내가 애국자인지는 알 수가 없다. 애국을 한 번도 해 본 경험이 없으므로.

19

사회에 있을 때나 군에 와서나 늘 걱정만 시켜 정말 미안하구나. 이렇게 떠나오니 집식구들이 얼마만큼 소중하고 사랑스러운지 새삼 느끼게 된다. 생각하건대 군대생활 30개월(나의 경우 26개월 보름)은 개인의 영달은 전혀 생각할 수 없고, 그냥 국가를 위해 아무 말 없이 근무하는 일인 것 같다. 모두들 시간이 지나가기를 기다리면서.

내 딸 소희가 보고 싶다. 왠지 이곳에 와서는 소희의 얼굴이 생각나지 않는다. 소희에게는 부끄러운 아버지가 되었다. 당신의 얼굴은 생각이 나는데 이곳에 와서 생각해 보니 상당히 미인이었던 것 같다. 이곳 동료들은 대개가 스무한두 살 되는 동생뻘들인데 친동생들을 보는 것 같고, 어떤 군인은 참으로 귀엽다.

이곳엔 새도 많아 늘 지저귄다. 까치가 늘 넓은 날개를 열어 연병장이나 나뭇가지에 날아든다. 여기에서는 까치가 너무 많아 이제까지의 까치의 비행은 기쁜 소식의 전령이 아니다. 인생을 급하게 달려가고 있던 나에게 군대가 내 인생의 조급함을 멈추어 주고 있다. 이것이 인생에 도움이 되는 점도 방해가 되는 점도 있을 것이다. 항상 나와 내가 없는 동안의 여러 문제는 장인께 상의해 그분의 결정에 따른다면 이상이 없을 것이다.

매화가 지고 있다. 저 매화가 두 번 피고 지는 그해 여름, 나는 제대할 것이다. 학교문제는 정 안 되면 일 학기 마치고 휴학한 것으로 처리했으면 한다. 군대를 제대하고 나서까지 공부를 하고 싶은 마음은 없다. 그러나 교적까지 없앨 필요는 없을 것이다. 내가 없는 동안 당신이 상심한 마음으로 또 많은 신경 쓰는 일들 때문에 고생이 많을 것 같다.

5년의 연애 끝에 선택한 당신을 사랑한다. 그리고 우리가 처한 이 운명도 받아들이고, 참아 주었으면 한다. 이 모든 상황을······.

6주 후에 훈련이 끝나면 면회가 2시간 정도, 허용될지 모르겠다. 된다면 그날 면회하고 헤어져 〈자대〉에 배치되면 자대에서 8개월 정도 근무한 뒤 처음으로 휴가가 주어진다고 한다. 군 생활 동안은 어떠한 어려움에 부닥쳤을지라도 인내할 수 있는 수양의 기간으로 삼아야겠다.

그리고 당신이 어디에 정착했는지(현재 집, 처가 집, 이모 집) 답장을 해 줄 때는 최종 정착지를 적어서 편지해 주었으면 한다. 일전에 휴가 내려간 민 하사는 잘 만나보았는지 모르겠구나. 그리고 어머님, 장인, 장모, 이모 다 잘 계신지 궁금하구나. 정말 미안하다. 내 걱정은 하지 마라. 잘 있다. 자, 그럼.

김용원

경용이 친구 연락처를
좀 알려줘요

발신 **충남 논산군 연무읍 죽평리 사서함 14호 제2교육중대 2소대 훈련병 김용원**
수신 **부산시 금정구 장전1동 365-2 3/3 권영욱 씨 댁 권명숙**
1988년 5월 5일

아내에게

일전에 보낸 편지는 잘 받아 보았다. 혼자 몰래 읽는 편지가 눈물이 핑 도는 데 잠시 정신이 없더구나. 군에서 받아보는 첫 편지고 집 소식이 궁금했던지 반가웠다. 거처를 처가집으로 옮겼다니 나로서는 반대하지 않지만, 여러모로 장인 장모님께 죄송스러운 마음을 금할 수 없다.

　우리의 만남은 연애시절부터 어찌 이리 헤어짐이 많으냐. 당신의 중요성을, 주위 분들의 고마움을 더욱 절실히 느낀다. 오늘은 어린이날이어서 소희 데리고 금강공원에나 놀러 가면 좋을 화장한 날이다. 되도록 아무 생각 없이 생활하고 싶다. 생각하면 너무 복잡하고……

　그래도 우리의 헤어짐은 기약 있는 기다림이어서 좋다. 이 편지와 동시에 만덕동 어머님께 편지를 띄우고, 정 교수께 학교 관계를 휴학으로 정리하고 싶다고 했고 그동안의 인사편지를 함께 썼다.

뜻하지 않게 갑작스레 군에 입대한 탓인지 알고 싶은 친구들에게 연락을 취할 수가 없다. 연락하고 싶은 친구는 어딘가에서 대위로 근무하는 친구에게 서로 군인으로서 안부를 묻고 싶으나 주소를 알 수가 없구나. 이름은 조경용인데, 나의 수첩 등에 보아서 안 나오면 고성근(삼성전자 구미공장에서 근무하고 있는 성근이는 일요일 아침에는 구미에서 자기 부모님이 사는 부산에 있는 집으로 한 번씩 내려오는데 성근이에게 전화하면 알 수 있을는지 모르겠다. 성근이 집 전화번호는 512-6124번 아니면 462-5125번일 거다. 아무튼, 동서석유 수첩에 나와 있을 것이고 아니면 수첩에 구미 삼성전자 직장 전화번호나 구미 삼성전자 광통신 생산 2부 고성근 과장이라는 명함 연락처든 집 주소든 나와 있을 것이다.). 성근이를 통해 조경용의 현재 근무지를 알 수 있을 것이다.

소희도 내가 군에 올 때보다는 많이 컸을 것이다. 편지에서도 귀여움을 많이 피운다고 썼더구나. 밖은 이제 날이 저물어 어둑어둑해지고 있다. 귀여운 동료들, 훈련받을 때는 야수처럼 용감한 아이들. 지금은 무슨 계획이나 먼 장래를 상의할 시간이 아닌 것 같다. 아직 한 달도 못된 군 생활이다.

전에 부산 갔다 온 민 하사가 돌아와 전기면도기 하나 사왔더라. 시간도 없고 귀찮아서 내버려 두어 수염이 길었는데 마침 잘되었다. 모두 고마운 사람들이고 살아가다가 만난 사람들이다. 무슨 말을 써야 할지 이곳에 모인 병력 대부분이 제주도와 충청도 병력이다. 제주도에서 비행기를 타고 온 전우들이다. 지금 내가 너에게 무엇을 어떻게 이야기하고 간섭할 수 없으나 용기 잃지 않고 힘들더라도 소희 잘 키우고, 부모님들의 뜻을 잘 따라 생활하여라. 그리고 내가 없더라도 시가집에 시어머니 아주버님 형수님에게도 가끔 연락하여 내가 없다고 하여 남처럼 지내지 말고 내가 있을 때처럼 한 번씩 전화도 하고 하여라. 그리고 너도 마음이 온전치 못할 것 같은데 몸 건강히 하고 내 걱정은 하지 마라. 편지도 너무 자주 하려는 의무감 같은 것 가지지 말고 너의 일에나 신경을 써라. 장인 장모님께 안부 전해다오. 사위 하나 잘못 두어 결혼시킨 후에도 고생하신다. 이만 줄인다.

* 저자주 : 이 편지를 통해 아내는 내가 군에 입대한 후 신혼집인 이상철 씨 댁에서 친정인 장전동으로 들어갔음을 알 수 있다. 권영욱은 장인의 이름.

시간이 흘러 주는 것 외에는
달리 방법이 없어요

발신 **충남 논산군 연무읍 죽평리 사서함 14호 제2교육중대 2소대 훈련병 김용원**
수신 **부산시 금정구 장전1동 365-2 3/3 권영욱 씨 댁 권명숙 귀하**
1988년 5월 하순(5월 25일)

아내에게

지금 영내에서 떨어진 야산 훈련장으로 나와 오전 사격을 하고 점심을 먹고 잠시 쉬는 시간이다. 식사하고 콜라 한 병 도넛 두 개를 먹고 휴식을 취하고 있다. 훈련병들에게는 콜라와 도넛을 먹는 시간, 편지를 받는 시간, 잠자는 시간이 제일 즐거운 시간이다.

　보내온 소희 사진 두 장 잘 받아 보았다. 솔직히 사진을 보니 기분이 썩 유쾌하지는 못하다. 내가 명륜동에서 보고 온 소희와 사진에서 보는 소희는 얼굴이 달라 틀림없는 내 딸 소희라고 하기에는 좀 이상한 느낌이 든다. 보내온 두 장의 사진 중 한 장은 햇빛을 받았는지 영양부족인지 머리가 노랗고 여윈 것 같고, 다른 한 장의 사진은 살이 부어올랐는지 통통하

25

기만 한 것 같다.

우리 신혼집인 명륜동 안방에서 곱게 누워 자던 소희와는 다른 것이다. 아이가 성장하고 있다고 생각한다. 한 달 조금 지나는 동안 그만한 변화가 있었구나. 지금 주위의 전우들은 잡담하고 담배를 피우기도 하고 제주도에서 온 훈련병은 성경을 읽고 있기도 하고, 어떤 훈련병은 애인의 편지를 돌려가며 읽기도 한다. 그들의 주체할 수 없는 연정을 본다. 꽃다운 그들을 누가 이곳에 불러 모았는가. 그것은 조국, 그것은 겨레라고 군가는 말하고 있다.

우리가 쉬고 있는 이곳은 미루나무가 오월의 싱그러움을 한층 더하고 저 멀리 전방에는 차량들이 호남고속도로를 질주하는 점심풍경이다. 오전에 이곳은 총성으로 온 산이 들썩이며 요란하였다. 어제저녁에는 야간 보초근무를 섰었는데 우람찬 숲들 사이로 소희 눈망울같이 초롱초롱한 별님들이 소록소록 깊은 잠을 자고 있었다.

나무, 새, 별, 꽃

주인아주머니와의 관계에 대해선 미워하지도 섭섭해하지도 말고 서로 신뢰할 수 있는 인간관계를 맺기를 바란다. 나의 일에 관해서 그분들이 방해한 사람들도 아니고 그들의 능력껏 노력해 주었다고 생각한다. 집주인 이상철 씨 댁 부부가 세상에 영합을 잘하는 사람들이지만 생각해보면 우리 부부에게 섭섭하거나 계산적으로 대하지 않았다. 또한, 대한민국은 좁은 곳이기에 살아가다 보면 또 인연이 있을 것이므로 안 볼 것처럼 하며 산다는 것은 어리석은 짓인 것 같다. 살아가며 적을 만들 필요는 없다.

친구 조경용이를 만났다. 고마운 친구다. 그 만남에 대해서는 우리가 조용히 만났을 때 이야기하기로 하자. 소희를 키우느라 수고가 많고 내가 없는 생활의 빈 공간을 허물없이 하고 있다니 정말 고맙구나.

사회에 있을 때나 군에 와서 생각해 보니, 너는 참으로 고생이 많다. 그리고 장인 장모님께서도 안 하셔도 될 고생을 하시는구나. 살아가며 고난을 인내하면 기쁨의 날이 있을 것이란 것을, 고생하신 분들에게 은혜에 보답하게 될 날이 온다는 것을 나는 믿는다. 나는 아내와 자식, 보고 싶은 이들을 위해 나 자신의 육체적 정신적 고통과 무모한 듯한 명령과 현기증이 날 것 같은 하루하루에 대해 인내하고 있다. 무조건 인내하는 것을 배우고 있다. 언젠가 이러한 인내가 내 인생의 굳건한 삶의 터전이 될 것이란 것을 믿고 싶다. 말이 안 될지는 모르지만 내가 없을 동안 친구들도 만나고 아이 키우는 보람도 느끼고 틈틈이 책도 읽고 휴식의 시간을 가져라. 마음을 느긋하게 먹자. 시간이 흘러 주는 것 이외에는 달리 해결방법이 없다.

늘 당신을 생각하고 있다. 얼마 안 있으면 유월 십일을 전후로 하여 면회가 있을 것이다. 만나게 될 날이 얼마 남지 않았다. 끈을 좋아한다는 소희는 또 시간이 흐르면 무엇을 쥐고 어떤 소리와 어떤 표정을 지으며 내가 알아볼 수 없을 정도로 성장해 있을지 궁금하구나.

우리들의 빈 공간을 메우고 있는 소희.

우리들의 외로움을 위로해 주고 있는 소희.

남편이

논산훈련소에 와서
첫 면회가 있어요

발신 **충남 논산군 연무읍 죽평리 사서함 14호 제2교육중대 2소대 훈련병 김용원**
수신 **부산시 금정구 장전1동 365-2 3/3 권영욱 씨 댁 권명숙(아내)**
1988년 5월 28일

앞으로 다가올 면회를 위해 훈련소 자체에서 훈련병 가족들에게 초청장을 보낼 모양인데 거기에 함께 동봉해서 부칠 편지를 한 통씩 쓰라는 명령이 떨어져 이렇게 편지를 쓴다.

아마 면회 날이 6월 7일 때쯤 되는 모양이다. 소정의 훈련기간이 거의 다 끝나가고 있다. 이곳으로 오는 코스는 부산에서 고속버스를 타고 대전 고속버스터미널에 내려서 서부시외버스터미널로 와야 한다. 논산훈련소 내 입소대대로 오는 버스를 타고 입소대대 정문 앞에서 내리면 된다. 안 그러면 서부시외버스터미널서 바로 택시를 타도 되는데 비용이 몇천 원 들 것이다.

(부산→4시간→대전역, 대전 고속버스터미널→택시로 천 원→서부터미널
→버스 삼십오 분 거리→연무읍 논산 훈련소 내 입소대대)

부산서 이곳까지 쉬지 않고 오면 5시간은 걸린다. 이곳에서 3시간 정도의 면회가 있을 것 같은데 점심식사 시간이 있고 하니 간단한 점심준비 정도만 하면 된다. 그리고 번거롭게 바쁜 사람들 시간 빼앗지 말고 너하고 꼭 올 사람이 있으면 함께 오거라.

만덕동 어머니에게는 연락을 안 했으면 좋겠다. 몸도 약하신데다 차멀미가 심하고 바쁘시니까 말이다. 부산서 5시간 거리밖에 안 되고 집에도 편지 쓰고 하였으니 걱정 안 하셔도 될 것이다. 지금 시간이 없어 이만 쓰기로 하고 만나서 이야기하기로 하자.

[추신] 부대에서 동봉한 편지

용원 군 부모님 귀하

사랑스러운 자제를 국토방위의 역군으로 보내 주시고 군의 발전을 위해 노심초사 성원하여 주신 귀하의 충정에 뜨거운 감사를 드립니다.

귀하의 자제 김용원 군은 당 부대에 입소하여 소정의 각종 검사와 엄격한 신체검사를 거쳐 기간 중 건강한 몸으로 훈련에 열심히 임한 결과 이제는 아주 의젓하고 씩씩한 대한민국의 정예 군인으로 변모되었습니다.

이 모두가 귀하께서 온갖 정성을 들여 길러주시고 군에 보낸 후에도 항상 염려와 성원을 아끼지 않은 덕분으로 생각하오며 다시 한 번 감사 드립니다.

이러한 성원에 보답고자 이제 군 기초훈련을 마치고 수료하는 자제의 성숙한 모습과 훈련결과를 직접 보시고 만나실 수 있도록 아래와 같이 초청하오니

가사 사정이 허락하시면 당 부대에 오셔서 귀 자제의 씩씩하고 늠름한 모습을 보시고 새로운 각오로 군 생활을 시작하는 자녀를 격려하고 축복해 주시기 바랍니다.

특히 당부 드리고자 하는 것은 특기부여 및 부대배치는 입소초기에 전산처리로 확정되어 있는바 이의 변동이 불가하오니 인사 청탁 등 사기행각에 현혹되지 않도록 각별히 유념하시기 바랍니다.

아 래

1. 일시 : 1988.6.7. 10:00

2. 장소 : 충남 논산군 연무읍 제2훈련소 입소대대

    (최초 입영장소)

제   2   훈   련   소   장

장인에게 보낸
편지

발신 충남 논산군 연무읍 죽평리 사서함 14호 이등병 김용원
수신 부산시 금정구 장전1동 365-2 3/3 권영욱 귀하
1988년 6월 12일

장인어른께

날씨가 무더워 오고 있습니다. 그날 잘 내려가셨는지 궁금합니다. 저는 유월 십일 자대 배치되려고 집결했으나 전투경찰로 차출되어 십사일 충주 중원에 있는 중앙경찰학교로 갈 것 같습니다. 그래서 며칠 동안 그곳으로 떠나기 전에 대기 중입니다. 알아보니 입소대대에 있다가 훈련소로 와서 몇 주 후 바로 컴퓨터 추첨으로 정해진 것이라는 이야기를 들었습니다.

저는 이제 국방부가 아닌 내무부 소속의 경찰이 되어 학생, 근로자의 시위를 진압하는 것이 저의 사명이 되었습니다. 매스컴에서 시위를 진압하던 전경들을 무심코 보아 넘겼는데 내가 그 전경의 일원이 된다는 운명이 내 생의 한가운데 버티고 서있었었다는 것이 묘합니다. 전경이 되더라도 어떤 임무를 부여받을지 모르니 너무 불안해하지 마시기 바랍니다. 저의 지금 생각으로서는 인생에 있어 어떤 요행도 바라지 않고 모든 것을 긍정하면서 저의 운명에 맞설 생각입니다. 친구와는 아무런 연락도 없었습니다.

이런 편지는 쓰지 않으려고 했으나 저의 행선지 등을 분명히 밝히는 것이 도리인 것 같고, 똑같은 군 생활 30개월인데 전경으로 차출되었다 하여 섭섭함을 느낄 필요가 없다는 생각에서 편지 올리는 것입니다. 저의 처에게도 걱정하지 말아 달라고 해 주십시오. 모든 것이 시간이 가면 해결될 것입니다. 그동안 몸 건강히 생활하여 가정으로 돌아갈 수 있으면 된다고 생각합니다. 어디를 가더라도 연락 올리겠습니다. 안녕히 계십시오.

용원 올림

중앙경찰학교로 와서 2주간 진압훈련을 받다

발신 **충북 중원군 상모면 수회로 중앙경찰학교 1생활관 104 생활실 이경 김용원(竹)**
수신 **부산시 금정구 장전1동 102-10 30/4 권영욱 씨 댁 권명숙**
1988년 6월 23일

아내에게

무더운 여름이 시작되고 신록은 갈수록 푸름을 더하고 있다. 저기 창 넘어 신병들이 얼굴에 가득 불안한 표정들을 하고서 호송차에서 내려 조교들의 인솔을 받으며 연병장에 정렬해 있는 모습을 보니 마치 전설 속 한 폭의 그림을 보는 것 같은 느낌이다.

인생이란 무엇이라 표현할 수 없는 긴 여정이다. 나는 이곳 충주 중앙경찰학교에서 전투경찰로 차출되어 2주간 훈련을 마치고 이번 토요일(6월 25일) 이곳을 떠나 서울, 부산, 강원, 제주, 경남 등 어느 곳으로 배치되어 근무하게 될 것이다. 부산으로 가고 싶으나 그것은 개인의 희망일

뿐 전체의 인력계획에 순응해야만 한다.

이곳은 경찰학교이므로 그동안 생활은 별 어려움이 없다. 군인을 가기 위해 왔다가 전투경찰로 변신했고 요즘 어수선한 국내 사정으로 보아 어디로 가서 무슨 임무를 받게 될 것인가를 생각하면 묘한 느낌이다.

지금 처한 내 입장을 생각해 보면 사지를 쭉 뻗고 어디라도 드러누워 통곡이라도 하고 싶지만, 사람이 살아가는 데 있어서 이 정도의 시련이야 보통의 일이고 어려운 시절 인내 없이는 인생의 참뜻을 알 수 없을 것이란 생각 또 한편으로는 내가 꽃 필 때가 언젠가는 있을 것이란 희망을 간직한 채 가족들과 개인의 꿈에 대한 그리움을 인내하고 있다. 나는 어디를 가든지 몸조심하여 생활하고 있을 것이다.

이 무더운 여름 군에 간 남편을 생각하며 어린 것을 바라보고 있을, 시가 댁에 한 번씩 들렀을 때 비애감을 느끼게 될 너를 생각하면 가슴이 아프다. 당신이 앞으로 느끼게 될 그동안의 고독과 애수와 그리움에 대해 내가 이곳을 나가 사회인이 되었을 때 아낌없는 사랑으로 채워 줄 것이다. 공백과 허허로움과 질책하고 싶은 3년의 세월 동안 나의 자랑스러운 아내가 되어 현명하게 극복해 주기를 부탁한다.

그리고 성장기 아이의 교육은 전 인생을 통해 그 사람의 성품으로 이어지는 것이라고 확신하며 나중에 성장해서 고독하고 소심하고 고뇌하는 우리 딸이 되지 않도록 잘 양육해 주기를 부탁한다. 너에게 이 모든 어려운 일을 책임지게 하고 있는 나 자신이 답답하다.

나는 어디서나 선량하고 성실하게 그리고 남에게 도움을 베풀며 살아갈 것이다. 사람에게는 다 때라는 것이 있을 것이다. 매화는 봄에 피고, 국화는 가을에 핀다. 우리는 국화일지 모른다. 다만 가을을 오기를 기다려야 할 것이다. 국화가 봄에 필 수가 없을 테니까 말이다. 우리에게는 지금이 어려운 시기이지만 굴하지 말고 맑고 온유한 너의 성품을 잃지 말아다오. 당신을 아내로 둔 나는 행복하고 감사해야 할 일이다.

자대가 어디로 배치될지는 모른다. 좋은 곳으로 가기를 빌며 그곳에 가면 나의 최종적인 거처로 자주 연락을 취할 것이다. 마지막으로 나에 대해 염려는 하지 말고 너대로의 의미 있는 시간을 가져주길 바라며 이만 쓴다.

충주에서 남편이

수원 경기 기동 1중대로
자대배치가 되었어요

발신 **경기도 수원시 서둔동 산 1번지 경기도경찰국 기동 1중대 1소대 이경 김용원**
수신 **부산시 금정구 장전1동 102-10 30/4 권영욱 씨 댁 권명숙**(TEL 513-8487)
1988년 6월 30일(7월 3일)

아내에게

그동안 잘 있었느냐? 나는 중앙경찰학교를 떠나와 6월 24일 경기도 수원
으로 자대를 배치받았다. 이곳은 수원역에서 택시로 기본요금이 나오는
곳에 위치해 있다. 하는 임무는 경찰특공대로서 다중 범죄 진압, 88올림픽
대비 대 테러 활동 등이 주 임무다. 경찰버스를 타고 출동을 나가고 시민
들 앞에 서기도 하였다. 이곳은 서울 농대 등 다수의 대학교가 있고, 공장
근로자나 시민들의 시위농성을 진압해야 한다. 비상이 걸리지 않는 날이
면 죽으라 하고 축구를 해야 한다. 이곳의 축구는 깡다구를 기르는 것이
목적이고 축구가 아니라 바로 시위진압을 연습하는 것이다.

　나는 그렇지 못한데 이곳은 사내다움을 기르는 곳이라는 생각이 든다.

새로운 성격의 개조를 요구하고 있다. 나는 이제 요행 등을 믿지 않기로 했다. 운이 좋아, 학벌이 좋아, 나이가 많아 잘 될 것이라는 기대를 버리며 살아갈 것이다. 못할 것이 없다. 무조건 인내하다 보면 시간이 흐르고 나도 고참이 될 것이고 제대를 하는 날이 오게 될 것이다. 토요일 아침에는 외박이 되는 모양인데 나는 지금 신병이라 일 개월 이상은 지나야 할 것 같고, 시간이 지나면 외출 외박이 많이 허용되어 육군보다는 집에 들락거리는 기회가 많아지게 될 것이고 그리되면 골치 아픈 일도 많을 것이다. 나는 인내해 낼 것이니 전방에 가 있다고 생각하고 마음 놓아라. 자세한 내용은 다음에 쓰기로 하고 이만 줄인다.

남편이

첫 외박을
나가다

발신 **경기도 수원시 서둔동 산 1번지 경기도경찰국 기동 1중대 1소대 이경 김용원**
수신 **부산시 금정구 장전1동 102-10 30/4 권영욱 씨 댁 권명숙**(TEL 513-8487)
1988년 7월 11일

보내온 편지 반갑게 잘 받아 보았다. 헤어져 있었지만 몇 개월간 편지의 왕래도 전화도 할 수 있었다. 외박의 경우 자대 배치 후 2개월이 지나야 주어지지만 주변 사람들의 노력으로 이번 주 토요일 면회 오면 토요일 저녁과 일요일 새벽까지 외박을 주겠다는구나. 7월 16일 날이 토요일인데 이때 오후 3시~4시경에 오면 될 것 같다.

　이곳에 오려면 기차를 타고 수원역에서 내려 택시를 타고 '웃거리' 기동 1중대로 가자고 하면 기본요금보다 조금 더 나올 것이다. 정문에 도착하여 1소대 이경 김용원 면회 왔다고 하면 된다. 그래 편지도 전화도 좋지만, 직접 만나서 볼 수도 있고 이야기를 할 수 있다면 더 좋을 것이다. 자세한 이야기는 토요일 만나서 이야기하도록 하자. 이만 줄인다.

남편이

속히 면회를
와다오

발신 **경기도 수원시 서둔동 산 1번지 경기도경찰국 기동 1중대 1소대 이경 김용원**
수신 **부산시 금정구 장전1동 102-10 30/4 권영욱 씨 댁 권명숙**(TEL 513-8487)
1988년 7월 12일

여보, 면회시간에 관한 것인데 앞서 편지에 알려준 시간과 달라서 다시 편지를 보내니 그리 아시오. 면회 오는 날은 토요일에 오면 하루니까(즉, 일요일 새벽까지) 지난번 알려준 대로 오후 3~4시 사이에 오지 말고 오전에 오면 좋을 것 같으니까 오전 10시나 11시경에 오면 그만큼 더 오래 만날 수 있을 것 같아 소식 전하는 것이오. 오전에 오면 나는 좋으나 당신이 새벽차를 타야 하니까 그게 좀 마음에 걸리고…. 아무튼 형편 되는 대로 알아서 오면 될 것이다. 가능하면 오전에 오고, 정 그것이 어려우면 오후에 오고…. 줄인다. 만나서 이야기하자.

남편이

11레터

결혼했다고
특별휴가를 받았어요

발신 **경기도 수원시 서둔동 산 1번지 경기도 기동대 1중대 1소대 이경 김용원**
수신 **부산시 금정구 장전1동 102-10 30/4 권명숙**
1988년 7월 18일

그동안 잘 있었는지 모르겠구나. 다름이 아니라, 이번 7월 23일 우리부대가 훈련을 3박 4일간 떠나는데 나와 나머지 동료들은 3박 4일(7.23일~7.26일)간 짧은 휴가를 받았다.

물론 나는 휴가를 생각할 수도 없는 졸병인데 결혼을 하였다는 이유로 특별히 휴가를 얻은 것이다. 7월 23일 점심 경 부대를 나서게 되면 동료들과 간단히 모임을 하고 부산으로 내려가면 밤 10시경 집에 도착할 수 있을 것 같다. 그래서 26일 부대로 돌아가면 된다. 이번 토요일 날 휴가를 나가게 될 일을 생각하니 날아갈 것만 같구나. 부산에서 만나 이야기하자. 이만 쓴다.

수원서 남편이

앞으로 우리 다시는
헤어져 살지 말자

발신 경기도 수원시 서둔동 산 1번지 경기도 기동대 1중대 1소대 이경 김용원
수신 부산시 금정구 장전1동 102-10 30통 4반 권명숙
1988년 8월 7일 쓰고 8일 보냄

보내 준 편지 반갑게 잘 받아 보았다. 좀 더 성숙한 당신의 모습을 편지를 통해서 읽을 수 있어서 마음이 편안했다. 시간이 흐름에 따라 이곳 생활도 익숙해지고 있다. 이번 월요일부터는 남북학생회담을 원천봉쇄하기 위해 임진각 등으로 출동해야 해서 8월 15일까지는 조금 바쁘겠다. 그 이후부터는 88올림픽 경기장 경비에 들어가는데 나는 졸병이라 부대에 그냥 남아 있어야 할 것 같다.

시간만이 모든 것을 해결해 주는 이 상황에서는 몸부림을 칠 필요도, 머리도 쓸 필요가 없고 그냥 지루한 나날들이 빨리 가주기를 인내할 수밖에 없다. 아직 우리들의 시간을 이야기하기에는 너무 많은 세월이 남아있어 시간 계산은 아예 하지 않고 사는 것이 편하다.

아카시아를 사랑하여라. 아카시아가 지금부터 2번 피고 지는 날이면 나는 집으로 돌아간다. 그날 돌아가서 아카시아로 술을 담가 놓았으면 당신과 마주앉아 그동안의 지루한 군대생활을 이야기하고 우리 가족의 행복한 삶에 관하여 이야기하게 될 것이다. 그리고 그 이후의 우리의 삶에 있어서 헤어짐이란 없을 것이다.

조금씩 가을이 다가오고 있다. 그래 빨리 가을이 오고 겨울이 지나가야 하고 또 봄이 오고 4월 11일이 와야 한다. 그러면 군생활의 반을 맞이하게 되는 것이다. 세월은 빨리 흐르고 계절은 바뀌어야 할 일이다. 내 딸 소희, 비록 아빠는 없지만, 엄마의 노력과 주위 분들의 관심으로 건강하게 자라는 모습을 보고 와서 정말 기뻤다. 소희의 개성이 어느덧 나의 기억에 뚜렷이 각인되어 있어 가끔 소희가 하던 행동들이 떠오른다. 내가 제대하면 소희가 4살, 우리는 완전한 한가족이 될 것이다. 가만히 내버려 두어도 그냥 흘러갈 세월 내가 몸부림쳐 보아야 무슨 소용이 있을까. 눈 감고 인내해야지. 오늘은 이만 쓴다.

수원에서 남편이

지금부터 조급해하면 남은
세월을 견딜 수가 없다

발신 경기도 수원시 서둔동 산 1번지 경기도 기동대 1중대 1소대 이경 김용원
수신 부산시 금정구 장전1동 102-10 30통 4반 권명숙
1988년 8월 12일 쓰고 13일 보냄

(1)

오늘 아주대학에서 남북학생회담과 관련하여 어젯밤과 오늘 새벽 시위진 압을 하고 돌아와 야간 방범근무를 가려고 하는데 누군가가 와서 당신에 게서 온 편지를 전해주어 기쁜 마음으로 편지를 받았어요. 편지를 앞가슴 주머니에 넣고 읽지 않고 있다가 달리는 버스 속에서 읽었는데 예감대로 당신이 나를 걱정하는 편지였다오.

　여보, 미안해요. 부산 다녀온 이후로 바로 편지를 썼어야 하는 건데 아 무 연락이 없어 당신을 걱정하게 한 것이 불찰이었어요. 사실 이곳 수원 에 올라와서 바로 충정훈련이라는 진압훈련이 며칠간 계속되었고(지금 도 계속 중) 요즘 와선 8월 15일을 디데이로 잡고 있는 남북학생회담 관 계로 연일 대학에서는 출정식을 하기 때문에 매일 출동을 나가는 바람

에 바쁘오. 편지를 쓸 정신적인 여유가 없었음을 너그러이 이해하여 주기를 바라오.

(2)

집으로 나에 대한 신원조회가 왔다고 하는데 그에 대해서는 걱정하지 않아도 되는 일이오. 그것은 얼마 전에 우리 중대에 대학에 다닌 사람들을 대상으로 재학 시 데모를 한 경력이 있는가를 조사한 일이 있어요. 그것이 바로 신원조회라는 것이었어요. 아마 그런 사실이 있으면 개인에게 불이익이 될 것인데 나는 그런 일이 없으니까 안심해요. 우리 중대 대학 재학한 학생들은 다 신원조회를 하였으니까.

(3)

운명에 관한 것이오. 미신과 같은 운명. 우리가 결혼생활을 행복하게 하다가 내가 이곳까지 온 걸 생각할 때 그렇게 생각할 수도 있겠지요.

데모 진압 시 수많은 돌과 화염병이 터지고 어느 동료는 옷에 불이 붙어도 그것을 끌 시간이 없이 돌격해야 하는 그 와중에서 내가 혹시 어찌 되지나 않을까 하는 생각을 하게 되오. 미신 같은 그런 생각. 이 생활이 어린 전우들에 비해 나이가 든 나에게는 확실히 힘든 것은 사실이오. 이런 고생을 그냥 단순하게 생각해서는 안 될 것 같아요. 이만큼 고생하면 무엇인가 또 행운으로 찾아오길 기대하고 있소.

이 자체가 ― 내가 살벌한 와중에서 굴하지 않고 착실히 주어진 내 임무를 잘 수행해 내고 있다는 사실 ― 바로 미신과 같은 것에 대한 극복이고 내 운명을 이기고 있다는 사실이오. 여보, 날 믿어요. 나는 충실히 군 복무기간을 마치고 더욱 성숙한 사람이 되어 당신과 소희의 보호자, 효도하는 자식, 인연이 있는 주위 분들의 고마움에 보답하는 사람이 될 것이오.

너무 조급하게 생각하지 말고, 세월을 견뎌요. 그리고 요번 올림픽 관계로 전 군에 비상으로 우리 같이 직접 관련이 있는 사람들은 항상 비상근무를 해야 하므로, 이 기간 내에(올림픽, 장애인 올림픽) 외출, 외박을 일절 금지하라는 명령이 떨어질 것으로 거의 소문이 돌고 있소. 여보, 어쨌든 용기 잃지 마요. 시간은 우리의 위안처럼 지금도 흐르고 있소. 오늘은 이만 쓰겠소. 안녕.

수원에서 남편이

[추신] 몇 가지 필요하니 좀 보내줘요.

- 손수건 : 땀 흡수 잘 되는 것 1개만
- 대학노트 : 좋고 튼튼한 것 2권(그냥 내가 잘 쓰는 대학노트)
- 원고지 1권
- 영어책 : 책을 찾아보면 대학노트 크기의 영어책인데 겉껍질을 전부 노란색 박스 테이프로 앞뒤를 붙인 것인데 이재옥 저, 출판사는 소명사로 되어 있음. 이 책을 못 찾으면 도정일 저 객관식 영어(교과서 크기)를 보내주면 좋겠음. 공부하든 취직을 하든 영어책은 조금씩 보아야겠다는 느낌이오.
- 위의 것은 소포로 부쳐 주고 별도로 편지 한 통 답으로 보내줘요. 그리고 편지에 만원만 표시 안 나게 넣어 소포와 별도로 편지로 보내줘요(등기로 보내지 말고 그냥 편지 속에 넣어서)

• 마지막으로 여보, 내 걱정 너무 말아요. 데모가 아무리 심하게 일어나도 정신만 차리고 하라는 대로 하면 안전해요. TV 등을 보고 공연히 걱정할 필요가 없어요. 그리고 종교를 가지고 싶다는 것은 좋은 생각이오. 당신이 꼭 교회에 나가는 것을 반대하는 것은 아니지만, 일상에서 생활을 통해 경건히 기도하는 마음으로 생활하면 되지 않을까 생각하오. 나도 비록 교회는 못 나가지만 가는 것 못지않게 평소의 생활을 통해 기도하는 마음으로 살겠소. 그리고 휴가는 있다는 말도 있고 없다는 말도 있는데 기다려 봐요. 어제는 없다는 것이 지배적이었는데 또 어느 고참들은 있고 나갈 수 있다는 이야기가 있어요. 여보, 휴가 같은 것은 대단한 것은 아니오. 그런 것을 너무 기다리고 하지 마요. 그렇게 조급하게 기다리고 한다면 나머지 남은 많은 시간들을 견딜 수 없어요. 앞으로 많은 세월이 있으니까 마라톤 할 때의 자세를 가집시다.

그만 쓰겠소. 정말, 안녕.

운명에 등 돌린
이 세월을 어떻게 하랴

발신 **경기도 수원시 서둔동 산 1번지 경기도경찰국 기동 1중대 이경 김용원**
수신 **부산시 금정구 장전1동 102-10 30/4 권명숙**
1988년 9월 7일

집에 내려가서 소희의 재롱과 당신과의 다정한 시간들을 뒤로한 채 다시 부대의 책상으로 돌아와 새벽의 한기를 다스리고 있다. 오늘은 당직이어서 새벽 1시부터 다음 날 아침 9시까지 부대 사무실을 지키기로 되어있다.

지금이 새벽 4시 조금씩 잠이 오고 연달아 피운 담배 때문인지, 모기향 냄새 때문인지 머리가 띵 하구나. 시간이 어서 흘러가 주기를 바라며 생활할 때는 무척 지루하다고 느껴진다. 그렇다고 세월의 흘러감을 의식하지 않을 수 없고…. 아무튼 정지한 시간들이고, 죽은 시간들 속에서 온몸과 신경을 뒤척이고 있다.

그리운 가족들 그리고 친구들과 은사들, 좌절만 안겨주었고, 삶의 고뇌를 생각하게 했던 부산이 도리어 그립기만 하다. 당신과 나는 남은 세월들을 어떻게 살아가게 될지 미래 투시경이 있다면 속 시원히 들여다보고 싶다. 욕심내지 않고 평범한 생활인이 되려고 생각했을 때 우리의 생활은 더욱더 행복으로 충만할지도 모르겠다.

출세에 대한 생각은 사람의 머리를 더 복잡하게 하고, 세월을 방황하게 만든다. 언제부턴가 당신하고는 우리들 삶에서 일어나는 문제들을 대화와 타협, 사랑을 통해 극복해 나가는 대견함을 가졌다는 생각을 하게 된다.

앞으로 생활하며 생의 어떠한 시련이 온다고 해도, 그러한 태도로서 잘 극복해 갈 수 있으리라는 신념을 지니게 되었다. 우리는 행복할 것이고 또한 그렇게 될 것이다. 그건 우리에게 깊은 사랑이 있음으로써 가능할 것이란 생각이 든다. 그렇게 생각한다면 그렇게 되는 것이다. 아, 운명이 등을 돌린 이 세월들을 어떡한단 말인가. 기차를 타거나, 거리를 걸으나 누구 하나 알아주는 이 없고 당신만이 알아주는 전투경찰이 되어 역사의 장에서 서성이는 방관자가 된다는 것이 무척이나 가슴 아픈 인내를 필요로 하고 있다.

부산 가서 소희의 티 없고 귀여운 모습을 보니, 그동안 당신이 아이를 잘 길러 왔다는 생각이 들어 당신에게 정말 고마웠다. 내가 떠난 뒤로 소희는 어떤 감정을 가졌었는지….

이 세월을 가장 잘 지내는 방법은 말이 필요 없다는 것이다. 외롭다는 말도, 군 생활하기 싫다는 말도 모두가 필요가 없다. 그냥 삼키는 것이다. 밤에 하는 생각들은 아침 햇살에 부서져 허망하게 사라지는 환상이라는 이야기들을 당신과 함께 나눈 것 같다.

　나는 어디서든 건재하다. 당신만 잘 견디면 된다. 부산 가서 당신을 만난 날들을 손꼽아 기다리겠다. 소희에게도 안부 전해 주렴. 〈아빠가 너를 무척이나 사랑하고 있다고〉.

수원서 남편이

울산 연애시절이
그립습니다

발신 **경기도 수원시 서둔동 산 1번지 기동 1중대 이경 김용원**
수신 **부산시 금정구 장전1동 102-10 30통 4반 권명숙**
1988년 9월 15일

항상 보고 싶은 당신에게

일전에 당신이 보내준 편지 반갑게 잘 받아 보았소. 떨어져 있을 수밖에
없는 이 세월이 당신에게 인내와 삶의 의미를 다시 느끼게 하여 더욱더
성숙해진 당신의 마음을 읽을 수 있었소.

오늘 3일에 한 번씩 오는 당직이어서 귀뚜라미 소리를 들으며 가을이
오는 가운데서 이 시간 편지를 씁니다.

오늘은 울산 시절을 생각해 보았는데 숨바꼭질하는 식으로 거리를 빠
져나오던 생각이 들어 한참이나 골똘히 빠져 있었소.

울산은 불안하였지요. 불안한 만큼 사랑의 깊이는 더 해 갔다고 봐요.
울산 시절이 우울한 때라고 나는 흔히 규정해 왔지만 돌이켜 생각해 보면

그 시절이 우리의 결합에 기초를 닦아 놓은 귀중한 시간들이었소. 울산의 그때 그 시간, 그 거리가 없었다면 우린 이렇게 깊어지는 않았을 것이라는 생각을 합니다.

그때 당신은 새벽이면 사라지는 별이었어. 언젠가 우리는 다시 울산으로 내려가 아주 천천히 그 시절을 재연해 보는 시간을 가집시다. 태화강변에 가서 밤이면 포장 친 목로에 앉아 나는 소주를 들고, 당신은 맥주를 먹고 소희를 보며 우리들의 과거를 반추해 보고 저녁이면 방을 하나 얻어 하루를 지새우고 날이 세면 우리 셋은 사라지는 별이 되어 방어진 바닷가로 가서 동해를 보며 우리의 삶을 설계합시다. 그리고 저녁엔 다시 시내의 시장으로 돌아와서 시장의 분주한 모습도 보고 합시다.

세상을 그렇게 삽시다. 우리가 조금 더 살만하면 울산에 집을 한 채 삽시다. 그리하여 울산서도 일을 하고, 부산서도 일을 합시다. 울산서 가끔 지내다가 밤이 되면 시내로 나와 오션호텔에서 커피도 들고 음식도 먹고 태화극장으로 가서 무드 있는 영화도 봅시다. 우리 세상을 그렇게 살아갑시다.

언제 시간이 있으면 마산도 한번 다녀옵시다. 아마 요번 12월 중순부터 14일간 휴가가 있을 것이니, 그때 울산에 한번 다녀오지요. 그리고 이번 추석에는 집에 갈 수 있을 것 같으니 그리 알아요. 우리가 헤어져 있는 고통보다 재미있게 살 수 있는 날들이 더 많으니 그때를 고대하고 강하게 살아요.

추석에 내려가려면 차표도 일찍 끊어두고 해야 하니 차비 만 원만 보내줘요. 다른 사람에게는 이런 말 하지 마요. 이만 씁니다. 그럼 안녕.

수원에서 남편이

가을 가슴앓이가
다시 시작되었어요

발신 경기도 수원시 서둔동 산 1번지 경기기동 1중대 일경 김용원
수신 부산시 금정구 장전1동 102-10 30/4 권명숙
1988년 10월 26일
(계급이 이경에서 일경으로 바뀌었다.)

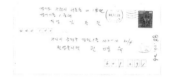

여보, 부대로 들어오는 새벽에 거리는 비에 촉촉이 젖었어. 추위를 알리는 비지만 안개 낀 거리에 내리는 비는 무척이나 감상적이었지. 그리고 요즘 어디를 가나 낙엽이 소리 없이 쏟아지고 있어. 당신, 알지? 내가 가을이면 앓는 가슴앓이 말이야.

당신에게는 미안한 일이지만 그건 대상 모를 그리움이고, 붉게 타들어 가는 산을 보면 나의 삶의 어느 부분이라도 철저히 태우며 살고 싶은 정열 말이야. 그 병이 또 시작되고 있어. 그게 시작되면 울음이 나오지는 않지만, 온몸이 수분에 차 있는 것처럼 촉촉해지고 두 눈은 땅과 하늘을 번갈아 보게 되며 가슴은 답답해져.

어제는 떨어져 내린 은행잎을 쓸어 모아 불을 태웠어. 하얗고 진한 연기를 내며 타고 있었지. 선미가 시집을 가 부디 사소한 일로 괴로움을 받는 일 없이 행복하길 바랐고, 우정으로 포천-부산 간을 밤차로 오르고 내렸을 친구를 생각해 보았어. 너무나 가치 있는 일들이야. 살아가며 얼마나 이런 순수한 삶을 경험하는가가 우리들의 삶의 보람을 좌우할 것이야. 물론 우리의 빵을 찾으면서 말이야.

외삼촌이 말한 대로 기다리는 즐거움을 생각해 보아야겠어. 그리고 선미 문제는 너무 걱정하지 않기를 바라오. 우리는 최선을 다했어. 그런 끈끈한 감정 속에서도 침울하게 살지 않는 지혜가 필요해. 그리고 소희 건강하게 키워. 우리들을 바라보다 고개를 옆으로 돌리고 잠들어 버린 힘빠진 모습이 생각난다. 지금까지 잘 키웠어. 분명히 당신은 아이를 보더라도 좋은 엄마임이 틀림없어. 낙엽이 지고 있어. 그날도 오고 있어. 그날이 오면 행복하게 해 주지. 사랑해 정말 당신을. 안녕, 안녕.

수원에서 남편이

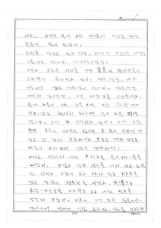

사랑이 깊으면 경칭이
저절로 나와요

발신 **경기도 수원시 서둔동 산의 1번지 경기기동 1중대 본부중대 일경 김용원**
수신 **부산시 금정구 장전1동 102-10 30/4 권영욱 씨 댁 권명숙 귀하**
1988년 11월 11일
(최초의 타이핑 편지)

보내준 당신의 편지 반갑게 잘 받아 보았소. 전화했었는데 만덕에 갔다고 장모님이 말씀하시더군요. 보내준 편지 잘 받았다고 말할 참이었어요. 그동안 정치적인 문제로 우리 부대는 바쁘게 움직여야 했어요. 빗발치는 무전, 동료들은 각목과 쇠파이프, 화염병으로 인해 여섯 명씩이나 다쳐야만 했소. 사명감 없는 정치인들 탓에 무고한 많은 사람들만 고생하고 있소.

지금 시각은 새벽 4시인데 대원들은 한신대, 아주대 학생들이 수원 검찰청사를 습격한다는 정보 때문에 검찰청에 출동을 나갔어요. 바깥 날씨는 매우 추워요. 오늘 밤에 일기는 영하 12도로 떨어진다는 뉴스를 들었소. 대원들은 군복에 경찰봉 하나만 찬 채로 검찰청 주변을 서성이고 있을 것이오. 대학생들도 데모하다 잡히면 온전하지 못하니 군사정권의 우두머리들과 그들의 추종세력들로 인하여 우리나라 청년들이 고생하고 있어요.

허구한 날 왜 나만 가지고 그러느냐 하는 코미디가 있지만 그건 참으로 수치를 모르는 짐승 같은 이야기가 아닐 수 없어요. '허구한 날 나만 가지고⋯.'라니 그 사람들이 해먹은 것을 생각하면 정상적인 성격의 사람들이 아니라는 생각이 들어요. 당신도 잘 알겠지만 이런 것을 보면 잘 사는 것도 중요하지만 인간답게 산다는 것이 더 중요하다는 것을 알 수 있어요. 그게 무슨 창피스러운 일이에요. 한 나라의 대통령까지 지내셨다는 분의 말로가 그러하다니.

사람은 누구나 역사의식을 가지고 살아야 한다고 생각해요. 사람은 죽어서 이름을 남긴다지 않아요? 이름 석 자 기분 좋게 남겨질 수 있도록 역사를 인식하여 살아간다는 것은 아주 중요한 일이에요.

예를 들면 당신과 떨어져 있는 우리들 사이의 이 시간도 지나고 나면 어떻게 든 평가가 내려질 것이오. 그런데도 떨어진 틈을 이용해 당신은 당신대로 나는 나대로 은근슬쩍 바람을 피워 집안이 엉망이 된다면 현재 재미는 있겠지만, 나중에는 사랑하던 사람과 헤어져야 할 것이고, 남들로부터 손가락질을 당하지 않겠어요? 전두환 씨도 꼭 그런 예밖에 안 되는 것이에요. 눈앞에 떨어진 이익만 챙기기에 급급했지 나중에 처할 것은 생각하지 못했어요. 사람이 역사의식을 가지게 되면 자기의 행동 하나하나가 조심스러워 질 것이고 진실해 질 것이에요. 역사의식은 미래를 예비하는 태도를 말한다고 할 수 있어요.

그러니까 우리는 삶을 아무렇게나 살아도 되는 것이 아니에요. 임기가 끝난 7년 뒤도 보지 못하는 전두환 씨가 2000년을 내다보면서 일해재단을 만들었다는 것은 웃긴 이야기지요. 군인이나 할 노릇이지 공연히 정치를 한다고 나서서 신세만 망친 꼴이에요.

병원에 간 일은 허리가 아프기 때문이었는데 역시 큰 이상이 없대요. 소설은 이미 다 써 놓았는데 읽어보니 마음에 안 드는 진부한 표현들이 많아 여러모로 수정할 필요를 느끼고 있지만, 시간을 낼 수가 없고, 아직 뚜렷한 착상도 떠오르지 않아 손을 못 대고 있어요. 문학은 제한받지 않는 상상력의 자유가 필요한데 어디 마음 놓고 안주할 수가 있어야지요. 명륜동 집처럼 푸근하고 큰 책상 앞이었다면 소설의 내용이 더욱 좋았을 것이에요. 보시다시피 타자 실력은 형편이 없고.

당신을 사랑하오. 우리 귀염둥이 소희도 말이에요. 훌륭한 아빠, 좋은 남편이 되고 싶어요. 나도 노력할 것이고 당신도 옆에서 나를 주시하며 좋은 사람이 되도록 도와주어야만 해요.

생명 있는 모든 것들을 사랑하고 싶어요. 특히 사람들에 대한 애착은 더해요. 이게 무한정의 헤픈 감정이 아니길 바랍니다. 사랑이 깊으면 말도 함부로 나오지 않는 것 같아요. 언제부터인지는 몰라도 당신에게 경칭을 써야 함을 느꼈어요. 소중하면 소중할수록 아껴주어야 하나 봐요.

겨울이 오니 당신 생각이 더 나요. 따뜻하게 불을 피운 방에서 오순도순 이야기하며 귤을 까먹던 일, 족발에 맥주 마시던 일과 당신을 내 품 안으로 안아 보던 일, 당신이 겨울옷을 입고 출근길에 올랐을 때 유리창에는 하얀 성에가 끼고 온갖 착잡한 심정으로 가야만 했던 아침 출근길. 당신이 이맘때쯤 소희를 임신해서 만삭의 몸이었어요. 배가 나오고 허리가 무거워서인지 뒤로 젖힌 당신의 모습이 선해요. 소희라도 있으니 우리는 외롭지 않아요. 아무리 살기에 바쁘더라도 하나밖에 없는 소희는 곱게 똑똑하게 일그러지지 않게 키우도록 합시다. 시간은 흘러가고 있어요. 우리가 다시 만나 잘 살 수 있겠느냐 하는 것은 우리들의 태도에 달렸지만, 억지로의 이별은 없을 것이잖아요. 우리들의 생활을 돌이켜보면 우리가 한없이 행복할 것이라는 생각이 들어요. 그건 확신에 가까운 것이라는 것도.

만들기에 따라서 얼마든지 포근할 수 있는 겨울, 각자가 따로따로 겪어야 하는 일은 참기 힘든 고통이에요. 여보, 쓰러지면 안 돼요. 여보, 오늘 편지 마감해야겠어요. 마지막으로 반드시 찾아오는 것이면서, 모든 것을 평가하고 질책하는 역사의 소중함에 대하여 한번 생각해 보는 소중한 기회를 가지도록 해 보세요. 여보, 당신을 주체할 수 없는 그리움으로 사랑합니다.

자 그럼, 안녕.

수원에서 남편이

겨울에는
기도하며 삽시다

발신 **경기도 수원시 우만동 지만인계지구 12블록 1로트 경기기동 1중대 본부중대 김용원**
수신 **부산시 금정구 장전1동 102-10 30/4 권영욱 씨 댁 권명숙**
1989년 1월 5일

여보, 나 잘 올라왔어요.

주여

겨울에는

추워하며 살게 하소서

이불이 얇은 자의 시린 가슴을 이해하게 하시고

돌아갈 수 있는 몇 평의 방을 고마워하게 하소서

주여

겨울에는

추워하며 살게 하소서

여름의 절기 후에도 낙엽으로 날리는

한없는 방황과 고독을 잠재우시고

내린 눈 속에서도 삭을 수 있는

당신의 그 깊은 뜻을 알게 하소서

(마종기, 겨울기도)

여보, 나 또 미역국 먹었어. 그러나 당신이 아쉬움을 가지지 않는다면 나는 괜찮아.

여보, 당신을 무료하게 해서 정말 미안해. 좀 더 소희를 사랑해 주면서 견뎌봐.

당신의 무료함을 조금이라도 덜어 보기 위해 「샘터」 1년분을 전 재산을 털어 신청했으니 꼭 읽어봐요. 김 기자, 정 교수님, 윤 원장, 조 대위, 재호 등으로부터 연하장을 받아 기뻐요. 잊히지 않았다는 그 사실이.

연말연시 당신과 함께 지내지 못해 정말 미안해요. 당신을 사랑해요. 여보, 보고 싶어요. 그 사이 또 달라졌을 소희도 말이에요. 나도 이놈의 생활이 미치겠어요. 그렇지만 인내하겠어요. 당신이 있는 그곳 날씨가 추우니 몸 건강히 해요. 소희도 병나지 않게 조심해요. 여보, 이만 줄입니다. 당신을 보고 있으면 마음이 든든해요. 그럼, 안녕.

수원에서 남편이

59

당신과 걷던 그 거리들이
다시 그리워요

발신 **경기도 수원시 우만동 지만인계지구 12BL 1ROT 기동 1중대 김용원**
수신 **부산시 금정구 장전1동 102-10 30/4 권명숙**
1989년 1월

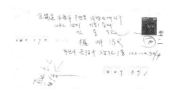

여보, 당신의 편지 잘 받아 보았어요. 소박한 자의 우울한 심경을 읽었어
요. 당신의 말처럼 나도 당신을 향한 말로 표현할 수 없는 사랑의 감정에
젖어 있다는 것을 아시는지. 지금 당신이 겪고 있는 그립고 우울하고, 미
칠 만큼 우리의 만남은 찢어지고 구겨져 있지만 낡아도 좋은 것은 사랑뿐
이라는 사실을 아시는지.

　박상섭이란 남자 그리운 사람이에요. 가능하다면 전화번호 등을 알아
두고 주소도 적어두었다가 알려 주면 좋겠어요. 소희는 이쁠 수밖에 없어
요. 당신의 딸이니까. 그리고 선남선녀의 딸이니까. 생일이었다는 사실,
올해 두 번 있다는 사실은 이제 처음 알았어요. 샘터에는 내가 조치를 할
것이에요.

내 사랑하리 시월의 강물을

석양이 짙어가는 푸른 모래톱

지난날 가졌던 슬픈 여정들을, 아득한 기대를

이제는 홀로 남아 따뜻이 기다리리

(황동규, 시월)

여보, 자신을 가지세요. 잃은 것을 곧 무언가를 또 얻는 과정일 뿐이에요. 우리는 물질이 아닌 사랑을 배우고 있는 것이에요. 이건 나중에 우리가 집안 살림을 꾸려 나가는데 좋은 재산이 될 것이에요. 안녕

남편이

친구야, 너의 소유라면 무엇이든
아껴주고 싶구나!

※ 친구 육군 대위 조경용에게서 온 편지

발신 **조경용**
수신 **경기도 수원시 우만동 지만인계지구 12BL 1ROT 경기기동 1중대 본부중대 일경 김용원**
1989년 1월 19일

우리는 길을 걷는다

저마다 열린 길로

우리는 길을 걷는다

열린 길은 우리를

험난하게도 하지만

닫힌 곳을 비추어

평온하게도 한다

그 길을 우리는 중도에서 멈출 수 없다

그 길을 걸으며 우리는 조금도 염려하지 않아도 된다

그 길을 걸으며 이 세상 모든 것을 깨닫고

굽어보고 우러러보고…

걷는 길이 눈물겹도록 험난할지라도

고난에 빠져들어 헤어나지 못할지라도

그 길은 우리에게 다시없는 길이므로 아니 갈 수 없다

그 길은 종내는 우리에게 헛되지 아니하는 꿈을 주니까

우리는 길을 걷는다

저마다 열린 길로

오늘도 끊임없이 걷고 있다

(김용길, 길)

받는 즉시 편지하려고 했었는데 이제야 필을 든 이 못난 사람을 이해하기 바라며 오늘도 변함없이 몸 건강하고 군 복무에 충실하리라 믿는다. 새해에 떡국은 먹었는지 복은 많이 받았는지….

　나 역시 염려해 준 덕분에 건강히 잘 있다. 보내준 편지 매우 반갑게 잘 받아 보았다. 네 덕분에 시를 볼 수 있고 읽을 수 있는 여유를 갖게 되어 무척 기쁘고 흐뭇하게 생각한다. 다 친구 잘 두어서 이런 풍류를 즐긴다고 생각하니 정말 기분이 좋아진다. 친구야. 시인 친구! 정녕 멋있고 운치 있는 글귀다. 네 덕분에 나까지 시인이 된 기분이고 나 또한 시를 쓰고 싶은 충동까지 사로잡히게 되는구나.

　시 쓰기 위해서 많은 시를 읽고 감상해야 한다는 것도 느끼면서 글을 쓰는 사람의 마음을 조금이나마 이해할 수 있을 것만 같다. 시인 친구인 만큼 시를 조금이나마 이해할 수 있는 혜안을 갖는 것도 좋지 않겠느냐는 생각도 해 보았고 아무튼 나에게 조그만 기쁨을 선사해준 너에게 감사하고 싶고, 너의 성의와 정성에 감탄하고 형용할 수 없는 기쁨에 사로잡히게 된다. 다람쥐 쳇바퀴 도는 생활 속에서 스스로 만족하고 또한 긍정적으로 세상을 바라보아야 한다는 상급자들과 나이 지긋한 노익장들이 하는 이야기도 이제는 어느 정도 수긍이 가며 세상은 역시 오래 살아야 하겠으며, 자신의 쓸개도 버리면서 사는 자가 종국에는 승리를 쟁취한다는 사실이다. 하지만 아직도 그렇게까지 살 필요가 있느냐는 생각 속에서 회의하고 있는 것은 부정할 수 없지만, 나에게도 서서히 변화가 오고 있음을 현실 속으로 빠져 들어가는 듯한 느낌을 직감하고 있음이리라.

용원아!

나는 너의 편지, 너의 문체, 글씨체, 심지어 너의 아내, 딸까지도 사랑하고 있다. 너의 소유라면 무엇이든지 아끼고 싶고, 자랑하고 싶다. 비록 네가 처한 입장이 아주 곤란하고 극단적인 생활 속에 처해 있을지라도 난 네가 있는 곳이면 영원히 따라가고 싶은데 말같이 잘 될 수 있을는지 의심스럽다.

용원아!

시작이 좋아야 끝이 좋다는 말도 있지만 분명한 시발점은 마침표를 앞당기고 확실한 종지부를 찍어줄 수 있기에 우리는 서로 위하고 서로 사랑하며 아끼는 따뜻한 정을 지닌 채 새해를 맞이하자. 로마는 하루아침에 이루어지지 않았고, 승리의 뒤안길에는 쓴 눈물자국이 남아 있는 법이란다.

친구여!

우리의 로마를 위해 오늘 하루를 이를 악물며 참고 힘차게 약동하자. 그것만이 미래에 희망의 날개를 힘차게 펼칠 수 있는 또한 멈추지 않는 영혼 속에 머무르자. 폭풍 속에서도 희망은 많은 사람들의 마음을 포근하게 만드는데 우리 또한 포근한 마음을 지니면서 우리의 길을 향해 쉼 없이 날갯짓하면서 날아간다면 날개 짓는 소리는 더욱 아름답게 들리리라.

용원아!

날씨가 겨울 날씨답지 않게 기후변동이 몹시 심하구나. 이러한 계절에 건강에 유의하고 특히 감기에 걸리지 않도록 주의했으면 좋겠다. 너는 인제 혼자가 아니잖니? 다음에 소식 전하마. 잘 있어라.

운천에서 경용

21레터

지금은 우리의 사랑을
시험하고 단련하는 시간

발신 **경기도 수원시 우만동 지만인계지구 12BL 1ROT 경기기동 1중대 본부중대 일경 김용원**
수신 **부산시 금정구 장전1동 102-10 30/4 권명숙**
1989년 1월

여보, 당신의 편지 그리고 연초 보내 준 보너스 잘 받아 보았소. 당신은 편지 때마다 무엇을 후회하는 모양인데 당신은 후회할 것이 없어요. 그건 아마도 당신이 너그러운 심성을 가진 사람이기 때문일 것이오. 그리고 두고 보면 알겠지만, 세상 돌아가는 것은 어김이 없어요. 어느 한 곳에서 무엇으로 결핍하게 되면 다른 곳에서 다른 방법으로 그것을 채워주기 마련이지.

　이 군 생활 동안 당신의 마음이 늙고 초라해 보이겠지만 이건 분명히 우리의 사랑을 시험하고 깊게 하는 것임에는 틀림이 없어요. 이런 헤어짐 뒤에 우리가 만나면 당신은 날 좋아하지 않겠어? 나도 당신을 좋아하지 않을까? 그리고 혼자만의 시간들 속에서 우리는 다시 만나 사랑을 꽃피울 지루하고도 은밀한 잉태기를 맞이하고 있는 것이오. 우리와 같은 처지에

속한 경우는 더러 있지만 그렇게 많은 삶의 모습은 아니에요.

나는 자신 있게 말할 수 있어요. 우리는 앞으로 못 산다고 하더라도 정신만은 행복한 부부가 될 것이에요. 그것은 확실해요. 우리는 너무나 많은 연습을 했으므로…… 가난이야 어떠하건 사람만이라도 만나서 같이 사는 것이 더 중요했으므로. 그리고 마음으로나마 서로에게 베푸는 연습을 많이 했으므로 우리는 많이 성숙한 것이에요. 눈에 보이는 것, 척도로 잴 수 있는 것은 아니지만 두고 보세요. 이건 엄청난 정신력이고 에너지예요.

여보 쉽게 이야기한다면 우리나라가 2000년 초반에 세계를 정복한다는 것이 똑같은 원리에요. 나는 그것을 믿을 수 있어요. 우리 민족의 역사와 우리 만남과 상황이 유사하게 느껴져요. 이것이 골고다언덕에 들어선 사람들의 가능성이기도 해요. 여보, 그것을 굳게 믿으세요.

그럼, 안녕.

용원

67

처가 부모님들께
감사드립니다

발신 **경기도 수원시 우만동 지만인계지구 12BL, 1ROT 본부중대 김용원**(付)
수신 **부산시 금정구 장전1동 102-10 30/4 권영욱 씨 댁 권명숙**
1989년 3월 16일

여보, 나는 또 결국 이곳으로 왔어요. 말하자면 무사히 도착했어요. 꿈같이 행복했다고 말해야 할 그 사흘간의 꿈속 세상이 낙동강 어귀를 돌아 밀양을 벗어났을 때 차츰 사라짐을 느낄 수 있었어요.

휴가를 마치고 부대 사무실에 와 보니 동료들은 모두 출동을 나가 버리고, 고참 한 사람이 조금씩 졸고 있는 오후입니다. 책상을 열어보니 당신이 보내 준 편지 두 통이 싸늘하게 느껴졌어요. 역시 편지는 시간이 생명이고 날짜가 지난 편지를 보면 쓸쓸해져요.

지금 라디오에는 윤수일의 〈아파트〉가 흘러나오는데 역시 당신과 소희를 두고 온 지금의 심정에는 모든 게 쓸쓸한 아파트 같아요. 빈 소리만 메

아리 되어 돌아오는 주인 잃은 아파트.

여보, 부산으로 돌아가면 느끼는 일이지만 장인, 장모님이 고마워져요. 그리고 역시 안동 권씨 댁으로 장가를 들었다는 것이 잘한 일이라고 생각합니다. 지금은 어려운 시절입니다. 내가 이리 멀리서 별 마음에도 내키지 않는 전경생활을 하면서도 이렇게 견디어 나갈 수 있다는 것은 당신의 내조 힘 때문이라고 확신합니다. 그리고 당신이 견딜 수 있도록 옆에 지켜서서 보호하고 있는 처가댁 부모님들.

여보, 당신을, 당신의 가치관과 심성, 당신의 성장과정 그 모든 것에 대해 말할 수 없는 애정을 느낍니다. 여보, 지금 이 시절만은 당신에게 의지하고 싶어요. 부디 소희와 내가 빠져나간 우리 집안에 지금 해 온 것처럼 정성과 관심을 가져 주세요. 그럼 당신은 정말 사랑스러운 아내가 될 것이에요.

여보, 편지는 자주 쓰지는 못할 것 같아요. 단지, 당신의 자존심이 상할 만큼 연락을 취하지 않는다든가 하는 그런 처세는 하지 않도록 신경을 쓸 것입니다. 여보, 오늘 올라오는 기차 속에서는 매일 졸기만 했어요. 미련도 아쉬움도 없는 3일이었어요. 소희의 웃음소리, 울음소리가 어딘가에서 들려올 것만 같아요. 당신을 생각하면 든든합니다. 여보, 그럼 잘 있어요. 안녕.

수원에서 남편이

울산이 노사분규에 휩싸이는 것을
지켜보는 것이 안타까워요

발신 경기도 수원시 우만동 지만인계지구 12블록 1로트 경기기동 1중대 본부중대 김용원
수신 부산시 금정구 장전1동 102-10 30통 4반 권영욱 씨 댁 권명숙 귀하
1989년 3월 31일

(1)

여보, 새로운 하루를 여는 여명의 새벽입니다. 밤을 새워야 하는 당직근무
입니다. 이곳 수원에 있는 부대들은 울산으로 하나둘씩 떠나가고 있어요.
울산 현대 소속 근로자의 노사분규를 경찰력으로 진압하기 위해 치안본
부에서는 약 80개 중대 1만여 명의 진압경찰들로 하여금 진압할 예정입
니다. 그래서 이곳 기동대들도 떠나가고 있는 것이에요.

　이번 시위는 경찰도 강경하게 대응할 것 같고, 근로자들도 완강히 저항
할 것 같아 피해가 심하게 될지도 모르겠어요. 우리 부대가 가더라도 나는
울산에 가지 않을 것이지만, 여보 울산이 그렇게 몸살을 앓고 있는 것을 보
면 왠지 우울합니다. 당신의 마음도 마찬가지일 것이라고 생각이 들어요.

사실 까놓고 이야기한다면, 울산이라는 곳은 삭막한 도시지요. 삭막함을 억지로 달래기 위해 선술집, 디스코텍 등이 넘쳐나는 생활환경이 좋지 못한 곳이에요. 잘사는 사람들 돈 벌게 해주는 반면에 근로자들은 문화혜택이 미비한 그곳에서 입에 그저 풀칠하며 밥이나 고작 먹고, 조그만 저축을 소중한 보람으로 여기기에 바쁜 그들입니다. 재호가 있는 공업도시 창원이 질적으로 성장한 공업도시라면 울산은 양적이고, 소란하며 안정감이 없는 불안한 도시라고 이야기할 수 있어요.

그럼에도 불구하고, 울산은 우리들 기억 속에는 낭만의 도시로 남아 있습니다. 현대 자동차, 다이아몬드 호텔 주변이 각도에서 모인 진압경찰과 화염병을 거머쥔 근로자들로 긴장한다는 것은 불행한 일입니다.

(2)
처녀 시절에 사랑스러웠던 당신도 한때 울산의 근로자였다는 생각을 하게 될 때에 이 문제에 관해 남다른 관심과 애정을 가지게 됩니다.

우리의 사랑을 속삭이던 낭만과 추억이 깃든 도시에서 평화적인 시위와 민주적인 진압으로 한 사람의 희생자도 없도록 기도합시다. 진압경찰들도 데모진압을 재미로 여기는 사람들이 아니라 국방의 의무를 위해 징집되어 온 이 땅의 아들들이며, 근로자 역시 아내, 부모, 자식과 자신의 희망과 꿈을 키워보고자 많은 것을 희생해 가면서 살아가는 시민들입니다. 어느 편이던 희생을 당한다는 것은 국가의 손실입니다.

여보, 이 편지를 쓴 이 시간부터 보름 정도 후에 집에 갈 것입니다. 그리고 편지에 주민등록증 분실 신고서를 동봉합니다. 잘 보관해 두었다가 내가 내려가면 주세요. 친구 은덕이가 정기구독을 신청하여 매달 받아보는 〈리더스 다이제스트〉를 수신인을 변경해서 당신에게 보내 달라는 편지를 당신 편지 부칠 때 리더스사로 함께 부치니 아마 다음 달부터 책을 받아보게 될 것입니다. 내용이 알차서 이런 것은 당신이 본다면 더 유익할 것이라는 생각 때문입니다.

여보, 이다음에 내가 제대하고 취직하게 되면 일요일 날을 택하여 소희 데리고 울산에 내려가서 회도 먹고 태화강변에 가서 소주도 먹고, 시장통에 들러 꼼장어도 옛 기분으로 먹어보고 방어진 가서 바다도 보며 소희에게 울산에 관해 우리가 느끼는 감정을 소곤소곤 이야기해 주십시다.

그럼, 부산 가서 또 이야기합시다. 오늘은 그만 안녕.

수원에서 남편이 보냄

여보, 차 속에서 전경 선배를 만나
맥주를 얻어 마셨어요

발신 **경기도 수원시 우만동 지만인계지구 12BL 1ROT 기동 1중대 본부중대 김용원(付)**
수신 **부산시 금정구 장전1동 102-10 30/4 권영욱 씨 댁 권명숙 귀하**
1989년 4월 7일

소희 엄마에게

(1)

봄이 오는 4월입니다. 몸은 이곳에 와 있지만, 마음은 항상 부산대학 그 동네와 소희, 당신 곁을 맴돌고 있어요. 올라올 때 기차 안에서 만난 웬 신사분이 자기도 84년도에 수원에서 전경생활을 한 사람이라고 신분을 밝힌 뒤 나를 보고 반가워해 주더군요. 우리는 곧 다정한 선후배처럼 되었고, 식당차로 가서 고급맥주와 안주를 먹었으며 스쳐 지나가는 경부선의 풍경과 더불어 기분 좋은 담소를 나누었어요. 그분의 나이는 61년생이며 지금은 흥국생명에 주임으로 있고, 부산에 출장 왔다 가는 길이라고 그럽디다.

(2)

서울에 오면 꼭 연락하라고 명함까지 전해 주었는데 사람이 순진하고 남자다움이 있어 한번 사귀어 볼 작정입니다. 이 편지와 더불어 그분에게 감사의 답장을 띄울 생각입니다. 내가 오히려 진실하지 못했는데 나는 대학 2학년을 마치고 군에 입대했고 스물다섯 살이라고 이야기했어요. 현재의 '내가' 자랑스럽지 못해서 그런지 귀찮은 생각에서 그런지 아무튼 거짓말을 하고 말았어요.

혹시나 재호에게 연락이 오면 가져간 군복 上, 下(내 것으로) 및 두꺼운 옷을 보자기에 싸서 전해줘요. 그 옷은 재호의 주문으로 내가 우리 물건 담당 대원에게 얻어 준비한 것이므로 이미 내 것이 아니에요.

(3)

그날 바로 부산에서 수원으로 올라오니 부대로 종수가 전화해서 통화했습니다. 나의 제대일을 물었는데 혼자 업무 처리하기가 힘들었다는 이야기를 했어요. 나는 나의 길을 갈 것입니다. 내가 다음에 부산 내려갈 날은 6월 10일이에요. 보고 싶거든 내려왔으면 하는 날의 일주일 전에 편지로 귀띔해 주세요. 그럼 내가 말을 해서 허가를 받고 내려갈 것이니까요. 5월 초순쯤으로. 여보, 당신에 대해 무한한 애정을 느낍니다. 안녕히 계세요.

남편이

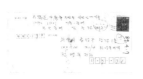

어떤 상황에서도
당신만을 사랑하겠어요

발신 **경기도 수원시 우만동 지만인계지구 12블록 1로트 경기기동 1중대 본부중대 김용원**
수신 **부산시 금정구 장전1동 102-10 30/4 권영욱 씨 댁 권명숙**
1989년 4월 25일

여보, 부대로 잘 돌아왔어요. 지난번에는 헤어짐을 그렇게 하여 아쉽기만 합니다. 11시 57분 차를 타는 것이 나에게 좋으나, 나는 그렇게 바보처럼 살지는 않아요. 부대로 연락해서 조금 늦을 것이라고 하면 그 사람들은 이해해 줄 만큼 나는 그렇게 처신을 해 놓고 다닙니다. 인심을 잃고 살지는 않아요.

올라오는 차 속에서 나는 괴로웠어요. 당신을 뒤로 한 채 기차로 들어왔을 때 당신도 정신없이 따라오다가 교통사고가 났을지가 걱정스러웠어요. 나는 당신이 불구가 되거나 죽었을 경우, 당신에 대한 나의 태도와 소희에 대한 나의 태도 등을 생각하며 초조히 4시간 이상을 달려와야 했습니다. 알고 보니 나는 순정 어린 남자더군요. 당신이 죽었다고 하더라도 나는 소희를 당신 아닌 그 어떤 다른 여자의 손에 키우지 않을 것임을 맹

75

세했어야 했습니다. 소희에게 계모라는 말을 들려주고 싶지 않았었고, 당신 이외의 어떤 여자도 우리 가정을 화목하게 해 줄 사람이 없다고 생각했습니다. 재혼도 하지 않고, 부지런히 혼자서 소희를 키우고 장인, 장모님을 친 부모처럼 여기며 권씨 집을 맴돌겠다고 맹세를 했어요.

또 하나의 생각으로 만일 당신이 차에 다리를 다쳐 절룩거리는 불구자가 되는 경우를 생각해 보았는데, 그것은 나에게 아무런 문제가 되지 않는다고 생각했어요. 이 모든 생각은 내가 바빠 차에 오르느라 뒤에서 들리는 "앗" 하는 무슨 소리를 들었는데 그냥 무시하고 지나쳐 왔으므로 혹시 따라오던 당신이 사고를 당하지나 않았을까 하는 생각에서 비롯되었어요. 여보, 당신과 내가 젊어서 생이별을 한다는 것은 없어야만 해요. 늙어서 나이 들어 죽으면 몰라도.

그러니까 길을 걸을 때 아무리 바쁘더라도 침착해야만 해요. 그러다가 큰일이 납니다. 그날 뛰어가는 당신의 태도를 볼 때 그렇게 뛰다가 무슨 일을 저지를 사람 같더군요. 그리고 소희는 대견스러운 아이처럼 보여요. 물론 그동안 잘 키운 덕분이에요. 당신께 고마움을 느낍니다. 여보, 사랑해요. 당신 같은 여자는 이제 이 세상에 둘도 없어요.

부산에 6월 11일 날 갈 테니 그때 또 만나 커피도 마시고, 한 달간 사이에 일어난 이야기도 합시다. 여보, 안녕.

수원서 남편이 보냄

앞으로 다시는 지금처럼
헤어져 사는 일이 없도록 합시다

발신 **경기도 수원시 우만동 지만인계지구 12BL, 1ROT 경기기동 1중대 본부중대 김용원**
수신 **부산시 금정구 장전1동 102-10 30/4 권영욱 씨 댁 권명숙**
1989년 5월 2일(4월 3일)

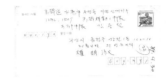

(1)

여보, 당신의 편지 잘 받아 보았어요. 〈리더스〉 잡지가 집으로 옳게 배달이 되었다니 안심이네요. 그 잡지는 올바르고 건전한 삶을 살아가려는 사람들에게는 좋은 잡지에요. 서은덕이한테 감사해야 할 것이에요. 어린이날에 소희와 함께 놀아 주지 못해 정말 미안합니다. 정말 미안해요. 우리 앞으로는 살아가면서 헤어져 사는 일은 없도록 노력합시다.

(2)

사람에게 있어 가장 중요한 것은 올바른 이성이에요. 흔들리지 않고 유혹되지도 않으면서 자기가 신중히 한 일에 대해 만족해하는…. 그다음으로 중요한 것은 대화예요. 내가 생각하기로 이 외에도 한두 가지 더 중요한 것들이 있어요. 그것은 사랑이며, 궁색지 않도록 돈을 버는 일입니다. 우리가 이러한 몇 가지의 중요한 일들에 대해 늘 중요성을 잊지 않고 우리들 생활의 일부로 만든다면 틀림없이 화목하고 건강한 가정이 될 것이고 국가적인 차원에서도 생산적인 가정이 될 수 있어요. 여보, 우리는 지금은 그나마도 온전하지 못한 셋방살이로 가난하지만, 헤어져 있는 기간 동안 화목한 가정을 만들 수 있는 정신적인 힘을 기르게 되었어요. 이제 남은 건 돈을 벌어서 유용하게 쓰는 일만 남았어요. 우리가 건강한 가정을 만드는 과정에 있어서 당신은 나의 훌륭한 벗, 내조자가 되어야 합니다. 여보, 힘든 과정이지만 우리 부둥켜안고 살아 봅시다.

남편이

[추신]

소희가 장난이 심하다고 하니 그것은 반가운 일이에요. 아버지의 부재(不在)를 눈치채고 시들시들하거나, 기가 꺾인다거나 의욕을 잃지 않고 오히려 즐겁게 놀 수 있다는 것은 다행이잖아요? 물론 이것 역시 그동안 잘 키워 온 덕분이에요. 당신이 피곤하겠지만. 그리고 부산에 6월에 가면 약속한 식사대접을 잊지 않기 위해 친구 서은덕이의 전화번호를 메모해 두렵니다. 그때 함께 가서 식사나 합시다.

(534-8384 터미널 세차장. 6시 이후)

나는 당신 곁에서 순하고
부지런한 소가 될 것입니다

발신 경기도 수원시 우만동 지만인계지구 12BL, 1ROT 경기기동 1중대 본부중대 김용원
수신 부산시 금정구 장전1동 102-10 30통 4반 권영욱 씨 댁 권명숙
1989년 5월 7일

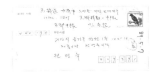

여보, 보내 준 당신의 편지 잘 받아 보았어요. 당신이 보고 온 범천동 빈민촌에 대해 생각하고 있습니다. 그래요, 우리나라의 부동산과 주거생활은 많은 문제를 가지고 있습니다. 우리 민족성이 뭔가 급하고 쫓기며 외국 사람들처럼 느긋해하는 감정이 없다는 사실을 주거에서 찾아볼 수 있어요. 집으로써 갖추어야 할 공간과 욕조, 부엌, 침실, 대화공간인 응접실은 고사하고 한 집에서 5~6가구가 살고 있으니 그것도 공동변소를 사용하고, 얼마나 복잡하고 사람들의 마음이 좁아지고 조급해지겠어요?

　나 역시 주거에 대해 중요성을 충분히 인식하고 있어요. 내가 종수에게 집과 차를 이야기하려 한 것이나 어머니가 살고 있는 집에 집착한 것도 바로 그러한 이유입니다. 집값은 터무니없는 금액이어서 참으로 고민거

리가 되는 문제가 아닐 수 없습니다. 여보, 큰 걱정이 되겠지만 상심해 하지는 마요. 우리가 모든 것을 극복하고 우리 집을 마련하는 길밖에 없어요. 아주 중요한 목표로 생각하고 추구해야겠어요.

동의대학 사태에 관해 나도 역시 놀랐어요. 아직 정 교수님께는 편지를 띄우지 못했어요. 이 복잡한 상황에서 혼돈되고 방해가 될까 해서 말이에요. 나의 진로 문제에 대해서는 아주 실리적인 관점에서 생각해 보겠어요. 나는 외숙모나 어머니를 보면서 남자의 능력의 중요성을 인식하고 있습니다. 당신을 그분들 중의 한 사람으로 만들고 싶지 않아요. 내가 항상 그늘처럼 버티고 있을 테니까요.

나는 저소득과 다출산으로 인생의 의미를 상실한 듯 보이는 우리들의 부모님들의 생활을 닮고 싶지 않으므로 소희 하나로 만족할지 모르겠어요. 소희는 우리의 위안이자 삶의 보람입니다. 우리 사랑이 맺은 유일한 증거이고 결실이에요. 여보, 나는 당신과 소희 곁에서 순하고 부지런한 소가 될 것입니다. 앞으로의 미래에 대해 너무 비관하지 말기 바랍니다. 그럼 안녕.

남편이

하나님은 우리의 편이
아닌 것만 같다

※ 친구 육군 대위 조경용에게서 온 편지

발신 **조경용**
수신 **경기도 수원시 우만동 지만인계지구 12BL 1ROT 경기기동 1중대 본부중대 일경 김용원**
1989년 5월

용원아!

조그마한 창으로 내다보는 세상이지만 바깥세상은 푸른 도화지 위에 빨, 주, 노, 초, 파, 남, 보의 무지개 색깔로 그린 것 같은 아름다운 오후구나.

그동안 어떻게 지냈는지 궁금하고 또한 너가 보내 준 편지 잘 받아 보았지만, 세월이 지나서 이제야 편지를 보내는 이 게으른 친구를 용서해다오. 성근이에게 편지를 보냈는데 바빠서인지 아직 소식이 없지만, 다시 한번 편지를 보내려고 한다.

그리고 이번에 경숙이가 아파서 부산엘 다녀왔다. 다녀오는 길에 너의 Wife에게 전화했더니 아주 반갑게 맞아 주더구나. 이번 6월에 내려온다는 이야기를 듣고 너가 아주 좋은 보직에 근무하는구나 하고 부러워했단다.

아무쪼록 처음에는 내가 염려했던 것과는 달리 집에 자주 간다니 다행이구나. 또한, 너의 Wife가 매우 좋아하는 것 같아 나 또한 기분이 좋았단다. 토요일 부산에서 하룻밤을 자고 일요일 경숙이가 입원해 있는 대구 소재 영남대학 병원에 갔더니 숙이는 사경을 헤매고 있더구나.

병명은 위암이란다.

위를 2/3를 절제하고 최선을 다한 수술이었지만 의사이야기가 신통치 않더구나. 이런 이야기가 남들의 이야기인 줄 알았는데 이렇게 우리 집의 이야기가 되고 말았구나. 아직 실감이 나지 않는다.

처음에는 세상이 무너지는 것 같더니 이제는 세월의 도움으로 어느 정도 정신을 차려서 오래 산다는 것보다도 사는 날까지 아프지 않고 생명을 연장만 할 수 있어도 무슨 짓이라도 해서 살려내고 싶지만, 자연의 순리를 절대 무시하고 싶은 생각은 없단다. 경숙이가 살 수만 있다면 나의 신체 일부를 떼어내서 고칠 수만 있다면 그렇게 하고 싶다.

하지만 다른 사람의 이야기론 너무 약해져서 수술한 지 30분이면 노인들도 깨어난다는데 경숙이는 3시간이 지나도 깨어나지 못하여 시아버지가 문을 박차고 수술실로 들어가 경숙이를 깨울 정도로 그렇게 위급한 상황이었나 보더라.

그 이야기를 듣고서 경숙이의 운명은 좋지 않았지만, 며느리를 생각하여 모든 것을 무릅쓰고 며느리를 염려하였다는 그 사장어른이 보기 좋았었고, 나 또한 먼 훗날 며느리를 얻는다면 그렇게 며느리를 사랑할 수 있을지 의문이 가며 평소 그들의 금실이 좋았었지만 서로 위하는 그들의 삶 속에서 사랑에 대해 다시 한 번 생각할 수 있는 기회가 되어 그들에게 찬사와 격려를 보내주고 싶었다.

경숙이 부부의 부부애에 다시 한 번 부러움을 느꼈고, 경숙이는 비록 몹쓸 병에 걸렸지만, 시집을 잘 가지 않았나 생각해 보았다. 너희 부부도 경숙이 부부보다 더 애틋하고 정다운 사랑 속에서 어려운 상황을 극복하고 살아가지 않는가 하는 생각에 너의 가족에게 뜨거운 격려와 위로를 보내고 싶다.

용원아!
아무튼, 주어진 운명에 순응해야 하지만, 경숙이의 생명을 조금이라도 연장해 보고 싶다는 것이 나의 욕심일까?

사랑스러운 나의 동생이다.
평소 동생이 사랑스러운 줄 몰랐었는데 내가 동생을 사랑하고 있구나 하는 생각을 해 보며 살아 있는 동안 최선을 다하고 싶단다.

위암의 한방약은 들과 산에 있는 사마귀가 좋다고들 하는데 동생이 살 수만 있다면 무슨 짓이라도 다해보고 싶다. 옛말에 병은 자랑해야지만 나을 수 있다고들 하는데 어머니나 주위 친지들에게 물어봐서 좋다는 약을 추천해 준다면 좋겠다.

　시집을 잘 가서 이제 한시름 놓았더니 하느님은 우리 편이 아니라는 원망과 함께 인생의 허망함을 느끼게 하는 계절이다. 아무튼, 하느님이 나에게 어떤 시련을 주신다고 해도 굴하지 않고, 꿋꿋이 동생의 병이 낫기 위해서 무엇이라도 해 보고 싶다.

　군에 있는 너에게 이런 이야기를 해서 대단히 미안한데 우리 모두 경숙이를 사랑했었기에 너도 알아야 하지 않겠느냐 하는 마음에서 알리는 것이며, 새삼스레 너에게 건강에 유의하라는 이야기를 아주 간곡히 하고 싶다.

　용원아! 다음에 편지할게. 그때까지 몸 건강히 잘 있어라.

대전 유성에서 친구 경용

내 생활의 일부를
공개합니다

발신 **경기도 수원시 우만동 지만인계지구 12블록 1로트 기동 1중대 본부중대 김용원**
수신 **부산시 금정구 장전1동 102-10 30/4 권영욱 씨 댁 권명숙**
1989년 5월 14일

당신 보세요.

여보, 나는 또 이렇게 부대로 와서 소희와 당신과 있었던 재미난 일들을 생각하며 화석처럼 책상에 앉아 멍하게 굳어버린 돌덩어리가 되었습니다.

내가 부대에 귀대하여 생활 잘하고 있으며, 여전히 식구들 생각에 젖어 있다는 사실을 알려드립니다.

정 교수님한테 편지 쓴 것도 아울러 보냅니다. 내가 이렇게 하는 이유는 내가 요즘 어떤 생각을 하고 있고, 어떤 분들과 이야기하는가 하는 나의 생활 일부를 당신에게 공개하는 것입니다.

이렇게 함으로써 당신은 남편이 지금쯤 부대에서 무엇을 하고 있을까? 하는 궁금증을 해소시키는 일이 될 것이며, 나로서는 아내에 대한 도리의 일부를 다하는 것이 될 것입니다.

다음에 또 편지 쓸게요. 두 사람 다 몸 건강해야 해요.

남편이

[추신] 정 교수님께 보낸 붙임편지
1989년 5월 14일

정 교수님께

막상 필을 들었으나 무슨 말을 이어나가야 할지 모르겠습니다. 일전에 매스컴을 통하여 학생들의 실수로 경관들의 희생이 있었다는 소식을 전해 듣고 편지 올리려 하였으나, 교수님의 심기가 매우 복잡하고 불편하실 것 같아 자제해 왔습니다.

우연히 달력을 보니 내일이 15일 스승의 날이라고 적혀 있습니다. 시간이 가는 것, 사회의 제도화된 습속도 잊고 살았습니다.

교수님, 후배들의 그 일로 인하여 마음이 얼마나 상하셨겠습니까? 저희들은 스승의 날을 떠올리기에는 너무나 부끄러운 감정을 숨길 수 없습니다.
스승의 목소리는 온유하고 위대하며 그림자마저도 밟기를 두려워한 겸허한 제자들의 모습은 어디로 갔습니까?

사회기능이 분화, 전문화되고 그러한 의식은 학교에도 침투하여 가르치는 직업과 배우는 직업으로 단순화시켜 버리고 그 이상의 의미를 두지 않으려고 하는 우리 젊은 사람들의 태도가 문제인 것 같습니다.

한 분의 스승을 둔다는 일은 축복받을 일임이 틀림없습니다.
그것은 정신의 뿌리, 즉 고향을 둔다는 것이며 그분을 통하여 건전한 삶의 윤리를 배운다는 것이며 응석을 부릴 수 있는 위안이 된다는 것을 의미하는 것이며 그 의미와 값어치는 이루 다 말할 수 없을 것입니다.

그래서 옛말에 師父는 일체라는 말이 생겨난 모양입니다.
저는 일상생활의 분주함 속에서도 스승의 날 하루만이라도 그분에게 편지를 쓰고, 그분을 생각하며 정신적인 방황을 어느 정도나마 다스리면서 내가 마땅히 찾아가야 할 고향으로 간다는 의미로 여겨져서 여간 복스러운 일이 아닐 수 없습니다.

학부의 학생들은 너무나 겉치레만의 서양화에 익숙해 졌나 봅니다.
논리, 계약, 권리, 물질…….

저의 이러한 이야기들은 과거나 현재에 계속되었고, 되고 있는 학생운동은 순기능을 외면하는 것은 아닙니다. 단지 학교사회 전체에 만연하고 있는 학생문화의 보편적 현상이 그렇다는 것입니다.

교수님, 학문이 그립다는 생각 이전에 그냥 학교가 그립습니다. 데모하는 것도 시간이 지나면 과거의 추억으로 남을 수 있겠지만, 그것보다는 교정의 수목이 형언할 수 없는 색깔로 변해가는 것이며, 사람들을 만나는 일이며, 돈과 관계없는 일들에 관해 진지하게 이야기하는 일이랑, 별도로 분류하고 싶은 대학의 기풍이랑 그러한 것들이 그립습니다. 데모는 결정적일 때에만 잠시하고 나머지 많은 시간은 공부와 대학이 주는 이러한 혜택을 어김없이 나누어 가지기를 후배들에게 부탁하고 싶습니다.

마지막으로 축복받을 스승의 날을 생각하며 교수님을 생각하는 이 시간이 왜 이리 가슴이 미어지는 아픔인지 모르겠습니다. 건강하시길 빌면서 다음에 또 글월 올리겠습니다. 안녕히 계십시오.

수원서 용원 올림

너를 친구로 두었다는
사실이 자랑스럽다

※ 친구 육군 대위 조경용에게서 온 편지

발신 **조경용**
수신 **경기도 수원시 우만동 지만인계지구 12블록 1로트 경기기동 1중대 본부중대 일경 김용원**
1989년 5월 17일 17:00에 씀

용원아!

어떻게 지내는지 몹시 궁금하구나.

항상 너한테 미안한 생각이 앞서고 또한 말로만 너에게 이야기하는 신뢰성이 없는 자신이 미워지기조차 하는구나. 하지만 이번 시험이 끝나면 시간을 내서 꼭 놀러 갈 것을 약속하면서 이 편지가 하루 동안의 맺혔던 피로가 말끔히 씻기는 청량제 역할을 할 수 있다면 좋겠구나. 또한, 이 편지와 함께 앞으로 너가 소식을 전하지 않더라도 자주 소식을 띄울 것을 약속할게.

용원아!

늘 있는 현상은 아니지만, 오늘은 일체유심조(一切唯心造)라는 말이 실감 나는 것 같구나. 5월의 향기로운 날씨는 밝은 햇빛 속에서 약동하는 신록의 정취를 흠뻑 맛보여 주는구나.

자란다는 것, 약동하는 젊음이라는 것, 새싹이라는 낱말은 우리에게 어울리지 않는 이야기인지 모르겠지만, 항상 자신은 젊다는 생각 속에서 벗어나 본 적이 없을뿐더러 앞으로도 자신감을 느끼고 생활을 하겠지만, 현재 나의 위치가 어디쯤인지도 알려고 하는 노력도 필요하지 않을까 생각해 본다. 하지만 자신 있게 희망 속에서 살아간다는 것은 얼마나 행복하고 아름다운 것인가 하는 생각을 새삼스레 해보게 되는구나.

너와 나 성근이 우리 모두 불확실한 삶 속에서 발버둥치고 있지만, 우리가 바라는 목표를 향해 묵묵히 임한다면 언젠가는 그 꿈을 실현하지 않을까 하는 생각이 나의 일시적인 생각일는지….

용원아!
하지만 우리는 항상 웃으면서, 희망을 품고 또한 자신감 속에서 살아가는 현명하고 여유 있는 삶을 살아가지 않을래?

아직 나의 삶은 열등감 속에서 헤어나지 못하고 있지만, 사람이 살아가면서 자기가 원하는 모든 일을 만족하게 하면서 살아가는 사람이 과연 얼마나 되겠느냐 하는 자위도 우리에게는 필요하지 않을까 하는 생각이다.

나는 능력이 없으므로, 나는 자신이 없으므로, 나는 용기가 없으므로 아무엇도 할 수 없지 않으냐는 나의 생각이 지금 와서 생각해 보니 모순점이 많다는 생각과 왜 이제까지 와서 그런 나약한 생각 속에서 헤어나지 못하고 전근대적인 사고방식 속에서 자신을 내동댕이쳐야 하는지 의문감이 문득 드는구나.

나는 역시 나이가 들어야 조금 철이 드는 것 같구나.
지금은 뭐든지 할 수 있을 것 같은 생각이 드는데 나는 아직 착각 속에서 벗어나지 못하고 있는 벅수 같은 인간이 아닌가 하는 생각 속에서 그래도 잘해야 한다는 생각을 버리지 못하고 있는 게 잘못된 것은 아니라는 생각으로 자신을 위로해 본다.

용원아!
결론은 자신 있게 살아간다는 것은 우리에게 건전한 심신을 안겨주고 또한 장수하는 비결이 되지 않을까?

용원아!
누가 뭐래도 오늘은 기분 좋은 날이며, 이렇게 편지를 쓸 수 있는 친구를 둔 것이 행복한 놈이 아닌가 생각을 해 보면서 5월의 변덕스런 날씨 속에서 온전하게 지내려면 감기에 주의하고 너 건강은 너 자신이 지키는 것인 만큼 유의하기 바란다.
다음에 자주 편지할 것을 약속하면서 건강한 모습으로 생활하고 다시 만날 날까지 몸 건강하여라.

대전 유성에서 친구 경용이가

편지 한 장으로 결혼기념일을
대신해서 미안해요

발신 경기도 수원시 우만동 지만인계지구 12BL, 1ROT 기동 1중대 본부중대 김용원(付)
수신 부산시 금정구 장전1동 102-10 30/4 권명숙
1989년 5월 말경(5월 25일)

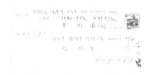

당신 보세요.

지금 이 시간은 부대 전체가 광주로 떠나 텅 비어버린 점심을 넘긴 시간
입니다. 이런 날은 일 년에 한 번 정도 있을까 말까 하는 날이에요. 부대가
보름이나 한 달 정도씩 다른 도시로 출동을 나가 있는 경우란 말이에요.

 따라서 무척이나 한가로운 오후지요. 그리움이 가슴속으로 밀려 들어
와 주체할 수 없을 지경입니다. 옥상에 올라가 수원 시가지도 바라보고
우리 부대 앞 아파트도 보고, 연병장에 세워져 있는 가스차도 보고, 뒤편
에 있는 연무중학교 교정의 체육시간도 보며 옛날 중학교 시절 체육시간
에 공을 차던 기억, 체육선생님도 생각을 해 봅니다.

이곳에 있으면 당신뿐만 아니라, 소희, 어머니, 형님, 동생들, 장인 장모님, 친구들, 학교, 남포동, 자갈치, 해운대, 광안리 송도, 교수, 샐러리맨, 사업가, 종수와의 관계, 정 교수님 생각, 신 교수님 생각, 우리가 살 집의 구조, 돈 벌 궁리, 경용이 생각, 부산에 가서 학교에 갔었던 일, 앞으로 당신과의 조화 있는 생활에 관한 문제 등 그야말로 천태만상의 잡생각들로 가득 차 있어요.

부대에 앉아서 만 가지를 생각할 수 있지만, 자유롭게 나다닐 수 없는 몸입니다. 지금은 외박을 허가해 줄 직원 한 명 없으므로 누구든지 부대가 올라올 때까지는 꼼짝없이 이곳에 남아야 해요.

내가 아마 육군으로 갔더라면 편지의 내용은 광활한 산과 들 그리고 밤에는 별의 아름다움을 쓰고 있을 테지요.

그리움이 밀려오지만 이제 시(詩) 같은 것은 한 편도 쓰지 않아요. 사고의 방향이 바뀌어 버렸어요. 고작 한다면 편지 쓰는 일이 최고의 만족입니다.

이제 앞으로는 문학에서 사회로 뛰어들고 싶어요. 글이나 쓰고 세월 보내는 것보다 사회에 나가 직접 체험하고 몸으로 느끼고 싶어요. 그래서 공부하는 일도 반갑게 느껴지지 않아요.

그리고 이제 공부하는 일이 무척이나 힘들게 느껴져요. 책을 보고 연구를 한다는 것이 너무 사람의 신경을 마르게 해요. 그 일이 점차 두려워요. 아쉬운 일이란 나는 많이 배우고, 많이 읽고 했지만, 나의 지식을 가지고 무엇 하나 정리해 놓지 못했어요. 판사가 된다든지 회사의 중역이 된다든지 아무튼 지식을 토대로 하여 그것을 가지고 직업으로 연결시키지 못했다는 아쉬움이 있어요. 물론 나이가 아직 어린 탓도 있겠지만…….

그리고 나는 의욕만 있고, 맺음을 잘 못하며 자신을 이기는 힘이 부족해요. 그러니 약한 사람이에요.

친구 종수와의 관계는 더 깊어졌어요. 전번 외박 나갔을 때 종수가 부대로 전화해서 내가 부산으로 외박 나갔다는 이야기를 들었던 모양인데 정작 부산에 내려간 나는 종수에게 전화 한 통 안 했으니 바쁜 상황에서 잔뜩 화가 난 것이에요. 부대에 들어가니 종수에게서 바로 전화가 와서 내가 작성하기로 한 설립예정 회사의 정관작성을 자기가 하겠다고 엄포를 놓지 않겠어요? 그래서 회사 정관작성은 너가 할 수 없는 전문적인 일이므로 내가 휴가를 받아 내려가서 만들어 놓고 오겠다고 설득을 시켜 놓았어요. 우리는 다시 그렇게 하기로 타협하면서 좀 더 신뢰할 수 있는 사이가 된 것 같아요. 종수 같은 친구가 있다는 것이 세상 살아가는데 심심함을 조금이라도 덜어 주는 것 같아요. 그 친구 사업에 내가 돈을 투자하는 것도 아니고 배운 것을 가지고 베푸는 일인데 못할 것이 없잖아요?

나는 종수와의 관계에서 무언가를 만들어 낼 수도 있다는 가능성 정도만 머릿속에 구상하고 있어요. 같이 하든 안 하든 그것은 내 자유에요. 아무튼, 최악의 경우에 기댈 수 있는 언덕으로 말이에요. 이건 친구를 이용하려고 하는 것은 아니에요. 때론 종수를 이해하려고 노력도 많이 하고 종수도 나의 이런 입장을 이해하고 있어요.

이곳에서의 생활은 어디서나 마찬가지지만 보람과 증오가 엇갈린 생활이에요. 어린 동료들과 지내면서 거짓말 하나 안 하고 하루에도 10번씩은 '개××, 죽일 ××' 하며 속으로 그들을 경멸하고 있어요.

하지만 가끔 그들 중에는 나에게 인생의 상담도 하거나 앞으로의 진로도 상담하기도 하고, 모르는 공부도 물으러 오는 사람들도 있어요. 그때는 그들에 대해 헌신적으로 상담에 응하고 그들의 입장이 되어 주기도 한답니다. 이러한 것은 여기 와서 느끼는 보람 중의 하나이기도 해요.

나는 삼십 살이 되도록 공부만 했어요. 그러니 이제 그것을 써먹어야지요. 그리고 나 아닌 다른 사람들을 위해 베풀어야 해요.

소희와 공놀이하던 때의 일이 제일 기억에 남습니다. 소희는 내가 공을 던지면 자기도 나에게 던져 주어야 하는데 던진다는 것이 자기 발 앞에 던져놓고 웃기만 웃어요. 그것도 큰 소리로. 어찌나 천진난만한지 보고만 있어도 기쁨이 넘쳐요. 이것이 사랑인가 봐요.

그리고 첫머리에서 쓰려고 했는데 우리 결혼기념일을 이렇게나마 축하합니다(?). 그때 당신 참 아름다웠어요. 지금도 마찬가지이지만…. 그동안 고생만 시켜서 미안해요. 새댁을 이렇게 고생시키고, 결혼기념일에 이렇게 편지 한 장으로 대신한 이 시절을 가슴 아프게 생각하여 우리 함께 살 때에는 아무리 삶이 바쁘고 어렵더라도 결혼기념일만은 당신과 함께 외출해서 즐거운 시간을 갖도록 할 것을 맹세할게요. 처음부터 잘하고 갈수록 시드는 것보다, 처음은 미약하지만 갈수록 잘하고 즐거운 것이 더 좋지요. 기다리는 즐거움을 가지세요.

그리고 우리는 내가 외출 외박을 자주 나가는 관계로 월말 부부인 셈이니 그렇게 외로워하지는 마요. 이런 사람들의 예를 드는 것은 적당할지는 모르나 내가 배를 타고 외국에 나갔다고 생각해요. 한 1년 동안 만은…… 돈을 벌기 위해 배를 타는 것이 아니라 아내에 대한 사랑을 배우러 잠시 떠났다고 생각해요. 남편이 철이 없어서……. 그래도 나는 한 달에 한 번씩 꼴로는 오니까. 배 타러 간 사람보다는 낫잖아요?

배 타러 나간 사람이 일 년에 벌면 얼마를 많이 벌겠어요?

일 년간의 사랑 공부와 일 년간의 번 돈 중 어느 것이 더 중요하겠어요? 물론 돈이 중요하다고 하는 사람들이 많겠지요. 하지만 길게 놓고 생각해 보면, 그리 손해 보는 것도 아니에요.

뼈가 없는 인간이 되지 않기 위해서 남자나 여자나 올바른 주관이 있고, 주장하는 바가 있어야 해요. 너무 돈, 돈 하다가 얼마 벌지도 못하고 사람만 추하게 되는 경우가 많습니다.

아무튼, 요번 6월 10일 전후해서 꼭 내려갈게요. 그리고 가는 날 아침 전화를 할게요, 꼭. 그리고 요번에는 일주일 이상 휴가를 얻어 가겠어요. 일주일에서 보름 정도. 이렇게 얻어 가지고 내려가야지 종수 회사일도 마무리를 짓고 올라올 수 있어요.

그것도 보람되고, 무엇을 남기는 일이니까요. 아마 그 기간 동안에는 종수 회사로 출근하다시피 해야 할지도 몰라요. 그렇지만 당신과도 시간을 많이 가질게요.

이제 며칠 안 남았어요. 그러니 즐거운 마음으로 생활하세요. 결혼기념일 때문에 미안해 편지했어요. 그러다 보니 이렇게 할 말 안 할 말 다했군요.

정말 미안합니다. 그렇지만 내 약속 하나 하지요. 기념일에 못한 것을 내려가서 해 드릴게요. 당신이 원하는 것 아니, 이러면 안 되겠군요. 다이아몬드를 원한다면 그건 곤란할 테니까.

당신이 먹고 싶고 마시고 싶은 것은 얼마가 되건 내 능력으로 부담하겠어요. 먹고 싶고 마시고 싶은 것 2가지 정도는 내려가서 말해 주세요. 그럼 그때 봅시다.

수원에서 남편이

97

겨울이 가고 아카시아 피는
봄이 속히 와야만 해요

발신 **경기도 수원시 우만동 지만인계지구 12BL, 1ROT 기동 1중대 본부중대 김용원**(付)
수신 **부산시 금정구 장전1동 102-10 30/4 권영욱 씨 댁 권명숙**
1989년 5월 30일

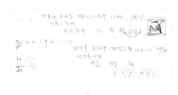

일편단심 민들레라는 분께

(1) 당신이 보내 준 편지는 어김없이 받아보고 있어요. 어제 수원에서 편지를 띄웠는데, 오늘 편지를 받았어요. 언제나 당신으로부터 오는 편지는 두 번 세 번 읽게 돼요. 오늘도 세 번이나 읽었어요.

　부부간의 저력과 가정의 화목은 두 사람의 팀워크에 있고 팀워크는 이해와 대화를 의미할 거예요. 부부간에 팀워크가 있으면 가정을 꾸려나가는 도중 예기치 않게 경험하게 되는 어려운 일을 쉽사리 극복할 수 있는 힘이 생겨요. 그렇기 때문에 팀워크가 중요하고, 그래서 나는 바쁘더라도 당신에게 답장을 쓰는 일, 나의 생활을 공개하는 일등을 아주 중요시하게 생각하고 있어요. 이것이 모르는 남남이 모여 가정을 꾸며 살아나가는 생활에 있어 기본이에요.

(2) 가화만사성(家和萬事成)이란 말은 몇 번 강조해도 그 의미 깊음은 줄어들지 않아요.

(3) 심심하겠죠. 지금은 그리 생각지 않는다니 다행이에요. 하지만 당신이 조금 더 여자로서의 삶에 눈을 뜬다면 이렇게 한가하고 귀중한 시간이 없을 거예요. 지금은 마음을 억누르는 의무감도 없어요. 복잡하지도 않아요. 조용히 자신으로 돌아갈 수 있는 시간입니다. 그렇게 생각하세요. 그러면 마음이 편해질 것이에요.

(4) 당신이 인내와 뚜렷한 정조개념과 끈기를 지닌 민들레였다는 것은 내가 인정을 해요. 그렇기 때문에 내가 이곳까지 와서 힘든 이 생활을 잘 견디어 내고 있다는 사실은 그 힘이 어디로부터 오는 것이겠어요? 내 존재의 안녕함은 민들레꽃처럼 단아하고 향긋한 당신의 존재와 무관하지 않아요.

(5) 하지만 "죽어서도 당신만을 사랑하겠다."라는 당신의 말에는 찬성할 수 없어요. 죽음 뒤에는 사랑이 없어요. 모든 것이 끝나는 것이에요. 그러므로 살아서 사랑을 나누어야 해요. 그렇게 하기 위해서는 목숨이 붙어 있을 때 병이 난다든가 사고가 난다는 일이 없어야만 해요. 살아 숨 쉬는 동안 부지런히 사랑해야 해요.

⑹ 이기적인 도시의 삶 속에서 자기 아닌 타인에게 무한한 사랑을 베푸는 일이 자식 키우는 일 같아요. 소희는 민들레 씨앗이며 우리 존재의 유일한 증거에요.

나도 이제부터는 아무 생각 없이 자식을 하나 더, 사내아이를 낳아야지 하는 따위의 말은 하지 말아야만 하겠어요. 소희라는 딸 하나가 아들 몇 명보다 더 훌륭한 몫을 할 수 있도록 키우고, 우리들의 삶을 가꾸어 나가는 것이 더 나을지도 모르겠어요.

⑺ 나는 당신처럼 처음 사귄 남자와 결혼하는 여자를 무섭게 생각하고, 높이 평가하고 싶어요. 감상적인 내 생각인지는 몰라도, 이것저것 고르다 자신이 때만 묻는 여자보다는 한번 판단해서 결정하고 인내로 밀어붙여 남들 헛수고하고, 괴로워하고 번민에 빠지는 것을 줄이고 한 번에 성취하여 남편으로부터 사랑을 독차지하고, 귀여움을 받는 여자가 실속 있는 여자 아니에요? 한마디로 무서운 여자죠. 이 남자 저 남자 사귀어 보고 결혼하는 타입은 자기들 이야기로는 한 평생 데리고 살 사람을 어찌 한 사람만 보고 결정할 수 있겠느냐 하고 어쩌고들 하겠지만 그건 가장 흔한 유형의 여자고 주관도 없는 경우가 많아요. 그런 여자를 데리고 살아봤자 그저 그런 것 아닐까요?

⑻ 초파일 날 우리 가정의 행복을 위해 기도드렸다니 정말 고마워요. 그래요, 우리 가정은 지금 내가 군에 가는 바람에 형태는 없지만, 우리 가정은 존재하고 있어요.

⑼ 나는 요즘 두 가지를 간절하게 바라고 있어요. 하나는 겨울이 오는 일이

고, 나머지 하나는 아카시아 피는 새봄이 오는 일이랍니다. 내년 아카시아 꽃 필 때는 아카시아 꽃을 따다 술을 담그자고 내 졸병과 약속을 했어요.

(10) 저번에 내가 말한 옷과 넥타이 등을 집에 갖다 두세요. 요번에 나가 옷을 입고 활동을 해야겠어요. 누구한테 말은 하지 마세요. 6월 9일 내려 갈게요. 여보, 안녕.

남편이

네 동생 경숙이가 밥 짓고 빨래하는
일상으로 돌아오기를 기도하마

※ 조경용 친구의 편지에 대한 답신

발신 **경기도 수원시 우만동 지만인계지구 12BL 1ROT 기동 1중대 본부중대 김용원(付)**
수신 **조경용**
1989년 6월 6일

경용아, 너가 보낸 사연 잘 받아 보았다. 경숙이가 중병에 걸려 걱정하는 오빠의 마음을 보고 눈시울이 붉어져 감정을 억누를 길이 없었다. 그런 중병에 걸려 괴로워하는 가족들의 이야기는 TV나 잡지에서 보던 강 건너의 불로만 생각했었는데 너의 말대로 하늘도 참 무심하시다.

맑고 쾌활하고 건강하게만 느껴졌던 경숙이의 활짝 웃는 모습이 다시 보고 싶다.

나도 동생 선미를 내가 주관하다시피 하여 시집을 보낸 경험이 있기에 오빠의 여동생 사랑하는 마음을 잘 알고 있다. 짝을 지어 시집을 보내며, 남편의 사랑 속에 한 가정을 이루게 했을 때의 그 가슴 뭉클함과 희열을 무엇에 비길 수 있으랴. 그러한 잠시의 희열 뒤에 이러한 비극이 도사리고 있을 줄이야 누가 알았겠느냐.

너의 인간미 깃든 편지에서 느껴지듯 경숙이의 가정은 시부모님의 사랑과 남편의 따스한 보살핌 속에서 행복한 가정이었다는 생각이 든다. 부디 살아서 그 행복함을 오래오래 누릴 수 있다면 얼마나 좋을까. 위암에 좋은 어떤 한방이 있는지 알릴 것이 있다면 알리마.

지금 우리 부대에도 대원 한 명이 어디 하소연할 곳도 없을 만큼 답답한 죽임을 당하였다. 전라도 광주가 하도 시끄러워 불을 끄기 위해 전국의 여러 중대와 더불어 우리 중대도 그곳에 내려가서 보름 이상을 시위를 진압하다가 수원 부대로 올라왔다. 부대장이 대원들에게 2박 3일의 특박을 주었는데 광주에서 쏟아지는 돌멩이 속에서 해방되어 갑자기 특박을 얻으니 얼마나 기분이 좋았겠느냐?

동료 8명과 대구에 있는 집으로 내려갔는데 술을 어떻게나 많이 먹었던지 흔들리는 차 안 난간에서 밖으로 떨어져 그 시체는 대구 도립병원의 영안실에서 찾을 수가 있었다. 그 대원은 얼마 전까지 보직이 대장 전령이었고, 경북대학교 공과대학에 재학 중 입대하여 제대 5개월을 남겨둔 대원이었다. 사망한 대원의 집은 대구에서 중소기업을 경영하여온 잘사는 집안이었는데 얼마 전 부도가 나서 아버지, 어머니는 피신을 다니고 있는 중이었다고 한다. 아들이 죽었어도 빚쟁이 등쌀이 무서워 장례식장에도 나타나지 못했다고 하니 이 얼마나 기구한 운명인가 말이다. 푸른하늘에 날벼락처럼 그저께만 해도 태연히 기타를 치던 대원이 죽고, 사랑하던 아들이 죽었는데도 빚쟁이들이 두려워 아들의 장례식에도 참석하지 못했다고 하니 아이러니가 아닐 수 없다.

경숙이의 중병은 너에게 무엇에도 비길 수 없는 충격이다. 하지만 흔들리지 말고 자신에 대해 좀 더 모질고, 강한 자세를 잃지 말기를 당부하고 싶다. 이렇게 이야기하면 남의 집 불구경하듯이 이야기하는 것으로 들릴지 모르나 우리가 살아가는 삶이라는 것 자체가 언제 어디서든지 〈죽음을 예비〉해야 하는 것이기 때문이다.

나는 경숙이가 자신의 끈질긴 생명력과 경숙이를 아끼는 우리 모두의 정성으로 회복되어 다시 밥 짓고 빨래하는 평범한 일상으로 되돌아갈 수 있기를 두 손 모아 기도한다.

현충일에 수원에서 용원 書

다시 시간의 형벌
속에서 갇혔어요

발신 **경기도 수원시 우만동 지만인계지구 12BL 1ROT 경기기동 1중대 본부중대 김용원(付)**
수신 **부산시 금정구 장전1동 102-10 30통 4반 권명숙(前)**
1989년 6월 15일(6월 16일)

다시 돌아와 앉으며

구포역을 떠나 수원으로 향할 때 세상은 돌고 도는 것이란 생각을 하였어
요. 어제는 구미에서 구포로 내려왔는데 오늘은 구포에서 구미 쪽으로 가
며 어제 보았던 사물들을 반대 방향으로 남겨 둔 채 올라왔기 때문이에요.

　세력도 정치권력도 결국 바뀌는 것이고 꽃도 십 일 이상 붉은 꽃이 없
어요. 나의 우울한 이 시절도 바뀔 것은 정해진 일인데 다만 시간만이 문
제입니다. 어려운 상황하에서 그래도 만나면 웃을 수 있는 것들에 대해
생각해 봅니다.

최소한의 경제, 친구, 가족들, 사랑……

이 소중한 것들에 대해 다시 한 번 감사하고 깊이 생각해 보아야 하겠어요.

잠시 누워 있노라니 소희가 목을 감싸 안으며 특유의 목소리로 "아빠 뽀뽀" 하는 것 같아 눈을 떠 보니 노린내 나는 군대 침상이에요. 현실로 돌아온 것이에요.

다시 이 구속된 시간들과 싸움을 해야겠어요. 없는 형편에 몸이라도 아픈 사람 없이 모두 무사해 주었으면 좋겠어요. 그것도 조그만 축복이에요. 그럼, 안녕.

수원에서 남편이

데일 카네기의 행복한 가정을 만드는 7가지 계명

발신 **경기도 수원시 우만동 지만인계지구 12BL 1ROT 경기기동 1중대 본부중대 김용원**
수신 **부산시 금정구 장전1동 102-10 30/4 권명숙**
1989년 6월 22일

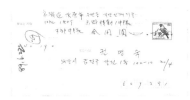

(1)

부산을 갔다 온 지 며칠 되지 않았는데 또다시 집이 그리워집니다. 꼽아보면 기껏해야 십 일인데 당신과 소희를 만난 일은 아득하게 느껴져 작년의 일인 것만 같아요. 또 무엇을 쓸 것인지 재료도 바닥이 났어요. 하지만 또 써야겠다는 일종의 의무감 같은 구속을 느끼는데 이것은 내가 당신을 사랑하는 애처가이기 때문인지 아니면 언젠가처럼 여자의 자존심 등등을 운위하면서 소환장을 보낼 당신의 엄포가 두려워서 인지는 알 수가 없군요.

이번에 이야기하고 싶은 것은 미국에 유명한 실업가인 데일 카네기라는 사람이 쓴 카네기의 『인생의 길은 열리다』라는 책을 읽고 느낀 몇 가지의 교훈을 말해주고 앞으로 살아가면서 우리가 서로 부부생활에서 실천해야 할 사랑들에 관한 것을 말하고 싶어요.

이러한 사항들은 카네기가 미국에서 설립한 카네기 연구소에서 교육하고 있는 내용인데 이 교육과정은 인생에 있어 성공을 위한 것들이에요. 이 성공의 교육과정은 사람을 움직이는 방법(How to win friend and influence people)과 고민을 해소하고 새 삶을 시작하는 방법(How to stop worrying and start living)을 가르치는 교재로 사용되고 있는데 이 두 책을 합하여 번역해 놓은 것이 바로 『인생의 길은 열리다』에요.

(2)
여기에 내가 언급하고자 하는 성공적인 부부생활의 비결도 나오는데 우리가 이것을 실천한다면 카네기 연구소의 당당한 수제자들이 되는 것이에요.

가정을 행복하게 하는 방법

① 잔소리를 하지 마라.
② 장점을 인정하라.
③ 결점을 들추어 비난하지 마라.
④ 칭찬하라.
⑤ 관심을 가져라.
⑥ 예의를 지키라.

⑦ 섹스의 중요함을 알라.

이 일곱 가지 사항인데 카네기에 의하면 미국에서 성공한 정계, 재계, 언론계 등의 인사들은 가정에서 이러한 것들을 지켜왔으므로 그들 부부가 행복할 수 있었다는 것을 책에서 입증하고 있어요.

여보, 내가 앞으로 어떤 사람이 될는지는 군대를 나와서 내가 하는 노력여하에 달려 있겠고, 그것은 실패할 수도 성공할 수도 있겠지만, 가정에서만은 실패하고 싶지 않아요.

결혼생활에서 실패하면 모든 것이 끝이 날 테니까 말이에요. 아무튼, 우리 좀 더 인격적이고 사랑이 넘쳐나고 행복 가득한 그런 가정을 마련하기 위해 조금씩 미리미리 무엇이라도 합시다. 다음에 또 쓸게요. 안녕.

남편

여보, 이제
꼭 1년 남았어요

※ 아내가 남편에게 보낸 편지

발신 **부산시 금정구 장전1동 102-10 30/4 권명숙 드림**
수신 **경기도 수원시 우만동 지만인계지구 12BL, 1ROT 본부중대 김용원 귀하**
1989년 6월 24일

자기야, 그동안 안녕. 친구 편지 한 장만 딸랑 보내는 당신도 참, 할 말이 없었나 봐요. 힘없는 전화 목소리. 메인 몸, 악조건⋯⋯. 하지만 이제 정말 꼭 1년 남았어요. 지금부터 다시 시작하는 마음으로 많은 추억과 사연들을 모아 당신을 기다릴 거예요.

이제부터 오는 편지는 넘버 1번이 되겠어요. 형수님 친정아버님이 돌아가셨다는 연락을 받고, 아주버님은 휴가를 받아 11시쯤 제사를 지내고 다음 날 아침 대구를 향했어요.

산다는 건 너무 허무해요. 그렇다고 아무렇게나 살지는 못해요. 소신껏 열심히 살았다는 자신과의 약속이 문제죠. 그런데 당신은 요즘 통 자신감이 없나 봐요. 아들이 없어서 그런가?

얼마 남지 않은 군 생활, 원망과 서운함만 쌓지 말고 이해하고 넓은 아량으로 깊고 아름다운 마음을 가집시다. 서로서로에게도 관심을.

우리가 다시 합칠 내년 6월의 그날을 위해 웃으면서 지내기로 약속해요. 내가 바라는 남성으로 변해가는 모습에 찬사를 보냅니다. 당신은 좋은 사람이에요.

사랑해요, 여보.

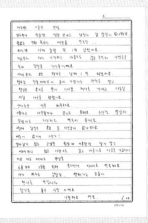

37레터

돈을 좇다가는
잃는 것이 너무 많아요

발신 **경기도 수원시 우만동 지만인계지구 12BL 1ROT 기동 1중대 본부중대 김용원(付)**
수신 **부산시 금정구 장전1동 102-10 30통 4반 권명숙**
1989년 7월 초

여보, 어제 편지에 이어 나의 사생활을 공개합니다. 여기에 언급된 一星(일성)이란 종수 친구가 말한 곧 설립될 주식회사를 말하며 첨부한 편지 내용은 그 회사의 발전단계에 관한 나의 구상을 말하는 것이에요.

　여보, 그러나 내가 이렇게 신경을 쓴다고 하여 종수 회사에 못 박겠다는 것은 아니에요.

　누누이 말하는 것이지만 인생에는 돈에 미쳐 살아가는 것이 오늘의 세태지만 잃는 것도 너무 많아요.

　돈과 사업에 미치면 먹고 입는 것은 편하지만, 남편은 남편대로, 아내는 아내대로, 자식은 자식대로 서로 어긋나서 돌아가는 것을 감수해야만 할 거예요. 소박한 아름다움과 정을 잃어버리게 될 것이고, 인격적인 삶의 여유를 잃어버릴 수밖에 없을 거예요.

그러므로 나는 전번에 말한 원칙과 예외를 신조로 하고 있어요. 여보, 그리고 우리의 삶에 대해 지금의 처지를 생각해서 자꾸 위축되지는 마세요. 우리는 결혼을 잘한 것이고, 앞으로 잘살 것이에요. 내가 사회에 나가 5년 이내에 30평 이상의 아파트든지 개인주택이든지를 마련하고 차도 마련하겠어요.

여기서 30평 이상이라고 하니, 내가 투기꾼이나 허황된 생각을 하는 것으로 생각할지 모르지만 30평 이하는 너무 좁아 사고(思考)할 수가 없어요. 30평 정도는 되어야지 방도 있을뿐더러 거실이 있어 쓰고 연구하고 당신과 대화도 할 수 있기 때문이죠.

아무튼, 너무 걱정하지 마요. 다시 한 번 말해 두지만, 당신이 지루하고 외롭고 답답한 시간들을 지내야만 하는 이유는 수원에서 당신을 무척 사랑하는 사람이 일 년 후에 돌아오기 때문입니다. 당신의 기다림이 이유가 없는 것도 무조건 맹목적인 것도 아님을 다시 한 번 새겨 두세요.

남편

내 생의 최종 종착지는
당신입니다

발신 경기도 수원시 우만동 지만인계지구 12BL 1ROT 기동 1중대 본부중대 김용원(付)
수신 부산시 금정구 장전1동 102-10 30통 4반 권명숙(前)
1989년 7월 초

(1)

여보, 돌아보면 며칠 지나지도 않았는데 내 생각에 한 달쯤 지난 것 같아요. 소희 모습을 떠올리려고 해도 아른아른해요. 요즘은 러닝을 입고 돌아다녀야 할 만큼 더워지고 있어요. 아, 제발 사람의 의식을 잃을 정도로 찌는 더위가 와야 하고 그리고 가을, 겨울이 어서 와야 해요. 겨울도 잔인할 정도로 추워야 하고, 그러고 나서 아카시아 잎과 꽃을 피우는 새봄이 와야 하고요. 그러면 내년 6월의 어느 날 나는 양복을 입고, 소희와 당신이 축복해 주는 가운데 이 지긋지긋한 부대의 정문을 나서서 경부선 열차 식당차에 앉아 맥주를 마시며 지난 악몽 같았던 기다림과 그리움과 군대의 추악한 기억들을 삼키며 지나간 시간들을 이야기할 것입니다.

(2)

나는 늘 그러한 생각에 젖어 있는데 깨어보면 아직 세월이 아득한 7월의 입구에 와 있는 것이에요. 이 수많은 사람들의 만남과 헤어짐과 증오의 부대낌 속에서 당신이란 존재는 무엇이기에 나에게 항상 생각나게 하며 나의 외로움과 서러움을 달래주는 한 사람인가요? 나의 수없는 방황 속에서 돌아갈 확실하고 최후의 귀향지는 바로 당신입니다. 그렇게 가고 싶은 소망을 26개월씩이나 유보당한 채 이렇게 짐승처럼 속으로 울부짖는 자신이 스스로 가련한 생각이 들기도 해요. 이 와중에서도 나를 지탱하고 있는 유일한 신앙은 〈시간이 가고 있다〉는 것이지요.

(3)

여보, 더 쓰고 싶지만, 나의 처지에 관한 더 긴 말은 쓰지 않겠어요. 아무리 쓰더라도 그 이야기들은 결국 '나는 당신과 소희에 대해 애정을 가지고 있고, 그것은 우리 가정에 대한 애정이며 이 가정의 평화를 위해 직장을 얻고 열심히 벌어 먹이는 일에 충성하겠다는 것'이 될 것이니까요. 지금 현재로서는 7월 22일 행정고시 발표를 보는 일, 그리고 8월 19일 휴가 가는 것밖에는 아무 생각도 없어요. 이 편지 쓰고 난 다음에 정 교수님께 편지를 한 통 쓰고 싶은데 쓸 힘이 있을는지 모르겠어요.

　여보, 그리고 희순 씨 시집가는데 못 가서 미안하고, 당신의 친한 친구가 시집을 간다니 정말 축하해 주고 싶어요. 그리고 당신은 지금의 처지가 아무리 힘이 들더라도 멀리서 나마 착실히 견디어 나가야만 해요. 다음에 또 쓰고 싶을 때 쓰도록 할게요. 그럼 안녕.

　　　　　　　　　　　　　　　　　　　　　　　　수원에서 남편이

살면서 형편이 좋아지면
하와이라도 한번 갑시다

발신 **경기도 수원시 우만동 지만인계지구 12BL 1ROT 기동 1중대 본부 김용원**(付)
수신 **부산시 금정구 장전1동 102-10 30/4 권명숙**(前)
1989년 7월 8일

(1) 보내 준 편지 잘 받아 보았어요. 온 집안 식구가 감기가 들었다니 그 주범은 바로 나인 것 같아요. 늘 같은 환경에서 생활하다가 이상한 사람이 침입하니까 방어를 못 한 것 같아요. 나는 아마 건강한 군인들과 같이 생활하니까 〈양성이나 우성〉이고, 그쪽은 나이 든 부모님과 소희 같은 어린아이가 있으니 〈열성이나 음성〉인데 거기에서 문제가 생겼을 것이에요. 아무튼, 그것도 나에게 불리한 입장에 처하게 하는 일이에요.

(2) 선미가 딸을 낳았다니까 그 집도 부부 사이의 금실이 좋은 모양이에요 (과학적인 근거는 없지만). 딸이든 아들이든 두 사람의 결속을 강하게 할 것이고, 이제 그들도 유치한 여자나 남자의 단계를 벗어나 아버지, 어머니라는 동물로 변한 것이에요. 부부가 잘생겼으니까 아이야 밉지 않겠죠.

(3) 희순 씨가 결혼식을 마치고 제주도로 여행을 갔다니 참으로 잘 되었다는 생각이 들어요. 행복한 부부가 되도록 기도할게요.

(4) 제주도라는 이야기가 나오면 당신이 마음에 걸려요. 그곳을 그리도 가고 싶어 했는데 못 갔으니 하는 말이죠. 그런데 우리나라 여자들에게 있어서 제주도를 가고 안 가고 따라 행복과 불행을 판가름하려는 경향이 있는 것 같은데 그것은 잘못된 것으로 생각해요.

제주도는 여행의 한 목적지일 뿐 부부의 행복을 보장해 주는 확실한 증거는 아니라는 말씀이지요.

곰도를 가든 제주도를 가든 아니면 해운대를 가든 중요한 것은 그곳에 묵으면서 인생을 설계하는 두 사람의 태도에요. 결혼하면 더 좋은 곳이 있는지 없는지도 살펴보지 않고 또 무슨 이야기를 할 것인지도 알아보지도 않고, 식이 끝나자마자 무조건 제주도로 달려가는 풍습이 문제라는 것입니다. 희순 씨와는 관계없는 청춘남녀들의 의식을 이야기했을 뿐입니다. 나는 당신이 내가 이런 이야기를 하더라도 속상하게 생각하지 않고 옳게 받아들이는 그런 사람이기를 바랍니다. 이러한 자세는 부부가 모든 일을 처리하면서 살아가는 데 있어 〈제주도의 즐거움〉 이상으로 엄청난 유형무형의 자신이 될 것으로 확신합니다.

그렇게 이야기해도 마음에 안 든다면 형편이 조금 나아지면 하와이라도 한번 갑시다

(5) 〈연애시절처럼 사랑할 수 있을 것〉이란 생각이 든다고 했는데 가슴 떨

리는 전율이에요. 이러한 생각은 사람을 젊어지게 하는 아주 좋은 생각인데 이것이 어디에서 분비되는가 하면 그 근원은 우리가 지금껏 연습하고 생활해 온 〈신뢰와 대화〉의 저력에서 오는 것이에요. 나는 군림하고 명령하는 존재가 되기보다 당신을 우리 가정의 운영자로 생각하고 당신과 대화하고 타협하는 방식으로 가정을 운영할 생각입니다.

(6) 나의 꿈에 관한 이야기인데 남자에게 꿈이란 그 사람이 평생 살아가며 얼마나 성장할 수 있겠느냐 하는 것이에요. 그것은 〈시간〉이 필요합니다. 당장 고시에 합격하는 것, 박사학위를 취득하는 것, 기업의 중역이 되는 것이 꿈의 한 부류이기는 하지만 꿈은 아니에요. 사람은 서서히 시간의 경과에 따라 무엇으로 되어 가는 것이며 그런 것이 중요한 것이에요. 인생은 단거리가 아니라 장거리 마라톤이에요.

(7) 기차와 크레파스, 스케치북, 참으로 오랜만에 들어 본 단어들입니다. 소희가 그 많은 단어 중에 이별에 관한 단어를 중얼거린다니 가슴이 아프네요. 내가 사회에 나가 활동할 시간이 되면 못다 한 사랑을 듬뿍 나누어 주어야 하겠어요.

(8) 당신이 감기로 꼼짝 못하고 드러누워 있다고 하니 마음이 아파요. 정말 사람이란 문제 많은 동물이에요. 아무리 이루어 놓아도 잘못하면 한순간에 사라지고 마는 것이에요. 모든 것이 끝장이에요. 몇 년 전 죽은 서울법대 강구진 교수를 보더라도 그래요. 경기고 수석, 서울법대 수석입학 졸업, 사법고시 수석, 하버드대 교수였는데 어느 날 자가용 운전을 하다가

교통사고로 죽었어요. 어린아이들과 부인을 남겨두고. 그렇게 생각하면 모든 것이 허무하고 부질없어요. 사람들은 그런데도 목숨을 걸고 전쟁들이니.

(9) 여보, 아무튼 〈평생〉 동안 조심합시다. 감기를 조심하고, 차를 조심하고, 술을 조심하고…. 여보, 시간은 흐르고 있어요. 당신을 사랑해요.

당신의 편지를 받고, 남편이

40레터

소설책을 사서 보내니 읽고 독후감을 써서 보내줘요

발신 **경기도 수원시 우만동 지만인계지구 12BL 1ROT 기동 1중대 본부중대 김용원(付)**
수신 **부산시 금정구 장전1동 102-10 30통 4반 권명숙(前)**
1989년 7월 15일

당신 보세요.

부대 앞에 새로 생긴 헌책방에서 책을 몇 권 사서 보냅니다. 당신이 심심할 것 같아서. 소설은 상상과 허구를 기본으로 하며 당신에게는 재미있는 책들이 될 거예요. 이곳에서 언급할 필요성이 전혀 있을지는 의문이지만 성에 관해 이야기하고자 합니다.

성(Sex)에 관한 나의 견해인데 성은 본능적이긴 하지만 우리사회의 문화 일부이기도 해요. 그러니까 성(Sex)을 위한 성(Sex)이 되어서는 곤란하겠고 '성'은 반드시 동기가 있어야만 하겠어요. 이를테면 그것을 통해 부부로서의 일체감과 행복감을 확인 또는 증가시킨다든지, 청춘남녀들의 것처럼 신선한 것이라든지 하는……. 몸뚱어리가 뜨거워 그것이 원하는 바대로 움직인다면 그것은 본능이라기보다 죄짓는 성(Sex)이에요. 그러한 것들은 축복을 받을 수 없는 것들이지요.

나는 당신을 믿어요. 당신이 해야 할 일이란 당신이 내가 보내준 책을 읽고 짧은 감상문을 써 준다면 하는 바람이에요. 당신이 내가 보내 준 책을 읽고 그렇게만 해 준다면 나는 매월 내 군대 사병 월급에서 10권 정도는 사서 보내어 줄 수가 있어요. 만일 보내준 책을 읽지도 않고, 느낀 점을 편지로 써 보내는데 성의를 보이지 않는다면 나도 책 보내는 일을 계속하지는 않을 생각입니다.

이러한 제안을 하는 것은 당신을 사랑하기 때문이에요. 나는 당신이 내 인생의 목적이기도 한 존재이므로 당신이 조금씩 성장해 가는 사람으로 만들고 싶어요. 그것은 결국 〈현모양처〉라는 열매로 나와 소희와 당신에게 되돌아올 것이라고 확신하기 때문입니다. 오늘은 이만 줄입니다.

남편이

〈추신〉 책은 이달 말까지 보내겠어요. 아래와 같은 점에 대해 편지할 때 간략히 적어주면 좋겠어요.

① 이병주, 철학적인 살인
살인자의 아내를 어떻게 생각하는지 하는 점을 간략히 적어 주세요?

② 조선작, 완전한 사랑

문양이 왜 윤 부장이 아닌 남 기사를 남편으로 맞았는지 하는 이유

③ 김승옥, 강변부인

민희를 어떻게 생각하는지?

④ 이문열, 사람의 아들

신의 아들이 아닌, 사람의 아들이 해야 할 일이란?

(이 책은 좀 지겨우니까 인내를 가지고 끝까지 읽어 보세요.)

⑤ 김광주, 너와 나

너와 나란 제목으로 편지를 한 통 써 보내세요.

⑥ 김용성, 화려한 외출

당신이 생각하는 여성해방이란 어떤 것인지?

⑦ 박완서, 꼴찌에게 보내는 갈채

당신이 여대생에게 주는 편지를 쓴다면?

＊ 만일 귀찮은 생각이 든다면 그만두어도 좋아요.

편지를 아름답게 쓰지
않으려고 노력합니다

발신 **경기도 수원시 우만동 지만인계지구 12BL 1ROT 기동 1중대 본부 김용원**
수신 **부산시 금정구 장전1동 102-10 30/4 권명숙**
1989년 7월 15일

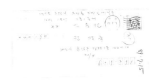

드디어 러닝을 벗어던지고 생활하게 되었어요. 여보, 시간은 가고 있어요. 총 맞은 개처럼 더위에 힘이 쭉 빠져 이리저리 웃통을 벗고 돌아다니고 있어요. 신록은 너무 푸르고 이곳은 따분해 이렇게 편지라도 쓰지 않으면 못 살 것 같아요. 옥상 그늘이 지는 곳에 평상을 만들어 놓고 누워서 흘러가는 구름을 보고, 당신이 즐겨 부르던 〈내겐 사랑은 너무 써〉를 열댓 번씩 부르고 나니 조금 나아요.

건너편에 중학교 선생들은 수업을 마치고 모임이 있는 듯 모두 봉고에 오르고 있어요. "나쁜 놈들, 나는 이리 갇혀서 신음하고 있는데 너희들은 놀러 다녀!" 하는 소리를 방금 세 번 정도 했어요. 구름은 용의 모양을 하다가 갑자기 도끼 같은 모양을 하고 흩어졌다 사라지곤 해요. 여보, 우리 인생도 저런 모습처럼 여러 모양을 만들다 저 구름처럼 사라지곤 하겠지요. 시장바구니를 들고 가는 여자들이 보입니다. 유모차를 몰고 다니는 여자들도. 당신도 저러겠지요. 앞쪽에는 블록 공장이 있고, 그 옆에는 2층 건물이 올라가고 있어요. 집 짓는 것이 금세 이루어져 가요. 며칠 되지도 않았는데….

나는 이제 시를 쓰지 않아요. 앞으로도 그럴 거예요. 그렇지만 편지만은 안 쓸 수 없어요. 편지를 쓰더라도 아름답게 쓰지 않도록 노력하려고 합니다. 가락시장에 청과물을 다루는 김 씨처럼 억세고 투박하게 쓰고 싶어요. 그리고 삶 역시 그렇게 살고 싶어요. 당신은 불행하다고 말할 수 없어요. 우리는 아직 한 번도 승부를 걸 만한 싸움을 해보지 않았기 때문입니다. 우리는 한 번도 싸움다운 싸움을 걸어 보지도 못하고 이렇게 간이게 되었어요. 당신은 답장을 쓰지 않아도 돼요. 내가 연락을 자주 취할 테니까. 우리 딸 소희는 잘 자라고 있겠지요. 휴가 가면 재미있게 놀아줄 것이에요. 소희가 내년이면 네 살! 이젠 우리도 중년으로 접어드는 것 같아요. 우리는 신혼 같은 아니, 연애 시절 때 같은 기분이지만. 당신은 착해요, 그렇죠? 또 쓸게요.

남편이

124

문학상에 당선되면
그 상금으로 전국일주를 합시다

발신 **경기도 수원시 우만동 지만인계지구 12BL 1ROT 기동 1중대 본부 김용원**
수신 **부산시 금정구 장전1동 102-10 30/4 권명숙**
1989년 7월 15일

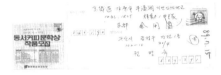

＊이날 편지는 동서커피문학상 현상공모 신문광고를 복사하여 첨부하였다. 남편이
아내 이름으로 문학작품을 써서 제출하여 당선되면 그 상금으로 여행하기로 제안하
는 내용이다.

응모에 당선되면 그 돈을 가지고 전국에 있는 지인들을 찾아가는 여행을
하기로 합시다. 서울에는 외삼촌집, 대전에는 경용이하고 유성온천에 가
는 일과 당신의 친구 영주 집을 방문하는 일, 구미에는 성곤이 집과 금오
산 방문, 부산에는 친구들, 창원에는 큰 여동생 선미와 친구 재호하고 낚
시 가는 일, 진주에는 상섭 형을 만나 진주 남강에 가고 진주 박물관에 가
는 식으로 말이에요.

보름간 휴가를 받으면 일주일 정도는 전국을 돌며 여행을 하고 나머지 일주일은 집에서 쉬는 것으로 해요.

비용은 동서 커피문학상 당선 상금으로 해결합시다. 내가 쓴 것을 하나 보내 줄 테니 당신 이름으로 응모하세요. 내 생각에는 당선될 것 같은 예감이 들어요. 만일 1등으로 당선이 되어 5백만 원의 상금을 받는다고 하더라도 골치가 좀 아프겠네요. 그렇게 된다면 당신은 앞으로 동서에서 요구하는 글들을 계속 써야 할 테니까요. 그러니까 1등은 안 되도록 기도해야 하겠지요.

자세히 기억은 안 나지만, 내 책 중에 『한 모금의 커피를 마시며』라는 수필이 나와요. 그것을 원고지에 옮겨 신문광고를 보고 그리로 보내면 될 것입니다. 책은 재호가 보내 줄 것이니, 그 수필을 복사하여 다시 내게로 보내 주세요. 그러면 내가 원고지에 옮겨 줄 테니까. 당신은 내가 준 원고지를 그대로 옮겨서 제출하면 될 것이에요. 만일 당신이 원고지 쓰는 방법을 안다면 그럴 필요가 없고요.

내가 재호에게 책을 보내거나 복사해서 부치라고 할 테니 그 수필은 복사해서 내가 있는 곳으로 보내어 주고받은 책은 집에 잘 보관해 주세요. 양심에 찔리는 이야기라고 생각하지 마요. 부부는 일심동체이고 그 수필도 당신을 생각하여 쓴 것이므로 당신과 무관한 것이 아니에요. 당신이 수필을 쓰는데 내가 조금 도와준 것이라고 편하게 생각하세요. 일을 빨리 추진하기 바랍니다.

남편이

[추신] 아내의 이름으로 동서 문학상에 투고할 수필이 원고지에 쓰여 첨부되어 있음

* 원고지 첨부글

(제목) 한 잔의 커피와 행복

누구로부터 방해받음이 없는 한가하고 활기찬 오전이다. 남편이 출근한 뒤 설거지에 밀린 빨래를 받아 널고 이제 나 홀로 명상에 잠기는 시간인 것이다. 이럴 때쯤이면 방을 한 바퀴 '빙' 둘러본다. 햇볕이 반쯤 방 안으로 넘어들어왔고, 가구와 꽃들이 웃고 있다. 일요일 아침, 남편과 산보를 나갔다가 산에 홀로 핀 들국화가 하도 좋아 몇 송이 꺾어 방에 꽃을 두고 보았는데 그것도 며칠 지나니 필대로 피어서 꽃가루를 남긴 채 시들고 말았다.

화무십일홍(花無十日紅)인가

들국화를 처음 꺾어 오던 날을 생각해 본다. 안개가 조금 낀 이른 아침 풀들은 수정 같은 이슬에 촉촉이 젖어 있는데 저만치서 들국화가 하얀 이를 드러내고 오라고 손짓하고 있었다. 꽃의 청춘이었다.

한눈에 보아도 아름다움을 느끼게 하는 정갈한 모습, 꺾으니 모진 시간을 참고 견디어 온 인고의 '상긋한' 냄새가 온몸에 전해 온다. 그 단아함과 탄력을 항상이라도 간직할 것 같은 들국화가 십일을 못 견디고 시든 것이다. 꽃의 일생을 본 셈이다. 그래서 들국화가 시든 이후 좀 쓸쓸한 기분으로 지내 오던 중, 밖에서 모처럼 외식이나 하자는 남편의 전화를 받고 나가 저녁을 함께 먹고 돌아오는 길에

꽃가게에 들러 꽃을 사왔다.

붉고 흰 카네이션이 각각 한 송이, 노란 국화가 두 송이, 흰 국화가 네 송이, 분홍 국화가 한 송이. 이리하여 곱고 탐스러운 꽃송이들이 서로 시샘하듯 앞다투어 피고 이에 비례하듯 정서의 푸근함과 방의 아늑함은 날로 풍요로워지고 있다.

나는 그것들을 보며 정성스레 커피를 한 잔 끓였다. 따사로운 햇살과 꽃과 더불어 만족스럽게 커피를 한 모금씩 마셔본다.

커피 한 모금에 꽃의 아름다움을 음미하고, 커피 한 모금에 세상 사는 즐거움을, 커피 한 모금에 이제 '그이'라고 부르는 임을 생각해 보는 것이다. 마시고 있는 커피는 감미로운 여운을 남기며 몸속으로 들어가 건강하고 붉은 피가 되어 흐를 것만 같다.

결혼할 때 찍은 사진첩이랑 그이와 주고받았던 편지들을 버릇처럼 뒤적여 본다. 아, 금상첨화라 불러도 좋을 것이다. 나는 지금 행복감에 젖어 있다. 그것은 새거나 소유할 수 있는 물질의 많고 적음에 있는 것이 아니라 아름다운 것들을 보며 정성스레 끓인 커피를 한 모금씩 마시는 순간에도 행복은 곱절로 존재한다는 흐뭇한 사실을 느끼고 있는 것이다.
다시 한 모금을 마시며 포근한 행복감에 젖어 중얼거려본다.

커피 한 잔의 위대함을
커피 한 잔 속에 발견되는 오묘한 깨달음의 미를

친구가 휴가 와서 자기
회사 일을 봐달라고 합니다

발신 경기도 수원시 우만동 지만인계지구 12BL 1ROT 기동 1중대 본부 김용원(付)
수신 부산시 금정구 장전1동 102-10 30/4 권명숙(前)
1989년 7월 20일

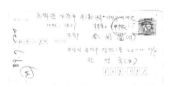

당신 보세요.

보내 준 몇 통의 편지 잘 받아 보았어요. 종수에게 전화하였는데 용건은 8월 20일 날 회사설립에 따른 공탁금 예치일이고 8월 25일~31일까지가 회사설립 신청일이라는 것이에요. 그러니 법인체가 서야 할 날이 눈앞에 다가왔는데 일을 할 사람이 없어 휴가를 일찍 당겨 오라는 내용이었어요.

나의 대답은 〈휴가는 현재 계획으로 8월 17일 날이므로 당겨나갈 수가 없고, 휴가 나가는 날로부터 일을 볼 테니까 사전에 전문가라도 한 사람 고용해서 일을 추진하라.〉라고 답장을 보냈어요. 이번 휴가는 바빠지게 생겼어요. 나는 도와줄 때는 아무 말 없이 도와줍니다.

하지만 내가 만일 그 회사에 들어가야 한다면 종수와의 충분한 대우를 보장할 경우에만 가겠어요. 지식을 헐값으로는 팔지 않을 생각입니다. 당신과 함께 보내야 할 1년에 한 번 있는 휴가에 먹물 같은 구름이 몰려오네요.

종수는 아마 이런 우리의 심정을 모를 거에요. 그리고 당신에 대한 조금의 의심이라도 있었다면 이해해 줘요. 사실 나 요즘 마음이 유쾌하지 못해요. 편지 받고 한 보름 정도 지나면 얼굴을 볼 수 있을 테니까 그때까지 참고 삽시다. 몸 건강히 해요.

남편이

나는 떨어지기
선수인가 봅니다

발신 **경기도 수원시 우만동 지만인계지구 12BL 1ROT 기동 1중대 본부중대 김용원**(付)
수신 **부산시 금정구 장전1동 102-10 30통 4반 권명숙**(前)
1989년 7월 23일

여보, 시험에 또 안 되었더라고요. 석사장교 시험 실패 후 군대 입대, 신춘문예 낙선, 고시낙방의 행진을 보면 나는 떨어지기 선수인가 봅니다. 요즘 나 자신에 대해 실망과 더 나아가 혐오까지 드는 걸 지울 수가 없네요.

    당분간 어떤 시도도 중단할 생각입니다. 이런 추한 모습을 보여주는 〈자신〉을 이제 도저히 사랑할 수 없을 것만 같아요. 군대까지 와서 이 모양이니. 앞으로 부산에 가서 당신을 만나보기 전까지는 편지도 쓰지 않을 생각입니다. 아무 걱정하지 마요. 그냥 잠시 동안 침묵하고 싶을 따름이에요. 여보, 도대체 나라는 사람은 무엇에 쓸 짝이 있을까요?

수원에서 남편이

당신 볼 날이
며칠 남지 않았어요

발신 **경기도 수원시 우만동 지만인계지구 12BL 1ROT 기동 1중대 본부 김용원(付)**
수신 **부산시 금정구 장전1동 102-10 30/4 권명숙(前)**
1989년 8월 1일

당신 보세요.

보내 준 글 잘 받아보았어요. 원고지 정리는 이 정도로 하면 될 것입니다. 그 회사에서 커피를 팔기 위해서 문학상을 제정해 놓고 상업적인 작품을 모집한다면 곤란하겠지요. 응모자 전부가 여성이므로 또 회사의 상품 판매가 목적이므로 당신이 당선될지는 알 수 없는 일입니다.

하지만 준수한 성적으로 당선된다면 그때부터 당신은 글쟁이가 되는 것이고, 그 이후론 당신이 읽고 쓰고 하여 그 위치를 스스로 지켜나가야 하리라고 봅니다. 아무 걱정 없어요. 당신을 볼 날이 며칠 남지 않았어요. 8월 17일 날 저녁에 닿을 테니까. 나가는 날 전화할 테니 마중 나오세요. 보름이에요! 이만 씁니다.

수원에서 남편이

사르트르와 보부아르의
계약결혼

발신 경기도 수원시 우만동 지만인계지구 12BL 1ROT 기동 1중대 본부 김용원(付)
수신 부산시 금정구 장전1동 102-10 30/4 권명숙(前)
1989년 8월 7일

간단히 적습니다. 금세기 실존철학의 대가 사르트르와의 관계로 유명한 시몬 드 보부아르의 책『계약결혼』을 읽고 있어요.

책을 읽으면서 그들의 생활에 관해 느낀 것이 있어 적는 것이에요. 앞으로 생활해 가면서 실천할 필요가 있다고 느껴지는 것들은 포도주를 곁들이면서 식사를 하고 이야기를 많이 나눈다는 것, 휴가 등의 시간을 내어서 부부가 함께 여행을 많이 다닌다는 것, 처한 상황이 어떻더라도 이를 비관하지 않고 열심히 산다는 것, 그리고 감정을 숨기지 않는 것 등은 인상적이었어요.

실천하고 안 하고는 우리들이 취사선택할 일이지만 이런 생활방식에 따라 사는 사람들도 있다는 것을 알고는 있어야 하겠기에 편지로 알려주는 것이에요. 다음에 또 쓸게요. 안녕.

남편이

쉬지 않고 쓰고
대화하는 일이 중요해요

발신 **경기도 수원시 우만동 지만인계지구 12BL 1ROT 기동 1중대 본부 김용원**
수신 **부산시 금정구 장전1동 102-10 30/4 권명숙**
1989년 8월 11일

여보, 또 써야겠어요. 나는 당신의 남편이란 사람답지 않게 인생을 급하게 살려는 사람 중의 한 사람임을 안타까워해 주세요. 나만의 시간과 공간과 사색을 향한 줄달음질을 이곳 군 생활은 여지없이 박살을 내어 버리고 있습니다.

이 부대낌 속에서 〈고문관〉이라는 명칭은 생겨나는 것이 아닌지. 고문관이란 개인적인 생각으로는 획일성이 개성을 축출하면서 만들어 내는 매력 없는 단어입니다. 나만의 삶을 음미할 수 있는 시간은 짬밥으로 측정되는 시간에 의해 다가올 것이에요. 다 지나고 보면 부질없을 이런 일들이 현재 내 삶의 가장 큰 과제입니다.

지난번 편지에서 사르트르와 보부아르의 삶 중에서 몇 가지를 언급하였지요. 그중에서 〈포도주를 곁들여 식사〉한다는 부분에 관하여 부러움을 표시한 일이 있어요. 그리하여 나는 어제 백포도주를 곁들여 카레를 만들어 먹었어요. 이곳에서는 상상하기 어려운 사치였어요.

하지만 그 책 『계약결혼』을 다 읽고 생각해 보니 그들의 삶은 사치한 삶이 아니었습니다. 그들은 연애 중에 돈이 종종 떨어져 몇 끼씩 굶으며 여행을 해야 했으며 돈이 없을 때에는 3~4류의 호텔에서 형편없는 식사와 포도주를 마셔야 했습니다. 일류 호텔을 가거나 사류 호텔을 가거나 항상 그들이 마시는 포도주는 우리가 밥 먹고 마시는 숭늉과 같은 것이었으며, 어디를 가나 그들은 사색하고 대화했던 것입니다.

2차 대전 중 독일이 파리를 침공할 당시 그들은 친구가 보내 주는 음식물로 배를 채워야 했는데, 여름에는 소포가 며칠씩 걸려 배달되므로 소고기 같은 것은 썩어 벌레가 나왔지만, 보부아르는 사르트르 몰래 칼로 상한 부분을 도려내고 오래 삶고 강한 후추 등의 양념을 함으로써 냄새를 없앤 후 단백질을 섭취하도록 했던 것입니다.

그러면서도 그들은 대화하고 쓰는 일은 쉽지 않았어요. 포도주를 곁들여 식사하는 것은 사치도 아니며 모방해야 할 선망의 대상도 아님을 이제야 알았어요. 그들은 음식을 통해 그들의 유별남을 표시하고자 한 경솔한 사람들이 아니었던 것이에요.

그것도 모르고 나는 군인의 신분에서 한 달 월급의 1/4씩이나 되는 비용을 들여 백포도주와 카레를 그것도 곰팡내 나는 창고에 숨어 먹었으니 우스운 일입니다. 음식에도 철학이 있어야 하겠고 진실함이 있어야 하겠어요. 여보, 부산 가서 봅시다. 며칠 동안 소희 데리고 즐거운 마음으로 기다리세요. 그럼 안녕.

수원에서, 남편이

노동의 신성함을
실천하고 싶어요

발신 **경기도 수원시 우만동 지만인계지구 12블록 1로트 기동 1중대 본부 김용원**
수신 **부산시 금정구 장전1동 102-10 4/30 권명숙**
1989년 8월 11일

여보, 오늘도 당직시간이에요. 방금 커피 한 잔을 끓여 먹고 『여인의 초
상』이란 소설을 읽고 있었어요. 소설이 재미가 없어서 200페이지까지 읽
고 그 이후는 대충 읽었어요. 소설은 역시 재미가 있고 봐야 합니다. 휴가
가 며칠 남지 않았는데 시간이 잘 가지 않아요. 파마를 했다는 우리 딸 소
희의 모습은 얼마나 예쁜지 궁금하군요.

   곧 새벽이 올 것이에요. 우리들의 긴 기다림의 새벽도 마침내 끝나고
말 것이에요. 시험 실패 후 나는 거의 아무 일도 않고 책을 읽기만 해요.
쓰는 일은 하지 않아요. 글을 써서 먹고 산다는 것은 아버지의 삶만큼이
나 생각하고 싶지 않은 일입니다. 노동의 신성함을 실천하고 싶어요. 휴가
가면 무슨 일을 해야 할 것인가를 당신도 한번 생각해 보세요.

아무튼, 보람 있는 시간을 보냅시다. 이곳에 있으면서 부질없는 약속 같은 것은 하지 않겠어요.

지금 나는 책을 읽는 일과 휴가를 하루하루 생각하며 기다리는 일 이외에는 아무것도 생각하지 않고 있어요. 그 이외의 일들은 부질없는 일이에요. 참아야 해요. 아무리 힘들더라도. 오늘은 이만 쓰겠어요. 여보, 당신을 사랑해요!

수원에서 남편이

제주도에
한번 다녀옵시다

※ 아내가 남편에게 보낸 편지

발신 **부산시 금정구 장전1동 102-10 30/4 권명숙 드림**
수신 **경기도 수원시 우만동 지만인계지구 12BL, 1ROT 기동 1중대 본부중대 김용원 귀하**
1989년 8월 12일

여보, 당신은 언제쯤 나의 몇 번째 생일에 다이아몬드 반지를 선물하실 건가요? 나는 그날을 위해 열심히 살기로 했어요. 특정일을 평일과 똑같이 보내도 아무렇지도 않게 만든 당신도 나도 생활의 비극임을 알아두세요.

이번 휴가는 제주도를 한번 다녀왔으면 싶어요. 제일 중요한 것은 경비 문제이겠죠. 제주도에 관한 것을 미리 좀 알아봤으면 해요. 친구나 경험 있는 이를 상대로 더욱 보람 있게 지내는 방법도 구상하고 준비물도 챙기고 평생 살면서 잊히지 않는 추억을 만들어요.

당신은 카레를 별로 좋아하지 않았었는데 입맛이 많이 바뀌고 있군요. 부산대학 앞 레스토랑 〈목마〉에 가서 함박스테이크와 포도주, 음악, 좋은

분위기에서 맛있는 식사를 해요. 지금까지 기다린 시간보다 앞으로 기다
릴 기간이 더 길게 느껴지는 것은 다시 풀어야 할 숙제에요. 만날 날까지
건강하게 지내세요.

당신의 아내

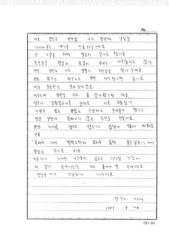

당신이 만들어 주던
음식이 그리워요

발신 **경기도 수원시 우만동 지만인계지구 12블록 1로트 기동 1중대 본부 김용원**
수신 **부산시 금정구 장전1동 102-10 4/30 권명숙**
1989년 8월 14일

내가 지금 겪고 있는 여름은 어떨 것이라고 상상해 보셨나요? 한마디로 내가 지금 겪고 있는 여름은 바다와 산과 피서와는 거리가 먼 것입니다. 여름은 무엇이든 썩어 냄새를 풍기는 계절입니다.

내가 있는 이곳은 습기가 많고, 곰팡내도 나고, 모기도 많아요. 하지만 이곳은 남들이 부러워하는 나만의 허락된 공간입니다.

이곳은 생각해 보면 겨울엔 좋았어요. 그때는 썩는 것도 냄새도 없었으니까. 라면 삶아 먹고, 그대로 두었더니 파랗게 곰팡이가 슬고 계란찜을 해 먹고 두었더니 붉은색 곰팡이와 함께 썩은 냄새가 나고 벌레들이 온통속을 기어 다니고 날아다니고 있어요.

나는 갑자기 구역질을 느끼고 입을 손으로 막았어요. 때론 담배를 피워 냄새를 없애려고도 해요. 오늘은 그것 때문인지 새벽 5시경 잠에서 깨었어요.

습기로 몸이 축축하고 벌레가 기어 다니는 것 같은 느낌이 들었고 피워 놓은 모기향 때문에 머리도 아픕니다. 주위엔 술 컵, 꽁초, 라면 먹은 그릇, 수도꼭지 밑 큰 통에는 빨아야 할 옷가지들이 가득 차 있어요. 저것들을 치워야 할 텐데 도무지 용기가 나지 않아요. 나는 머리가 아팠고 온몸이 근질거렸어요. 바닥에는 벌레들이 기어 다니고 있어요. 거미, 날 파리, 모기, 지내, 벼룩……

여보, 그 속에서 책 읽고, 공부하고, 편지 쓰며 살고 있는 나를 상상할 수 있나요? 그래서 나는 새벽에 옥상으로 올라가 바람을 쐬었어요. 역시 빛과 공기는 소중한 것이에요.
이런 상황이니 당신이 만들어 주던 음식들이 그리워집니다. 그래서 누워서 옛날을 생각해 보고 있어요.

사과, 양배추, 감자, 계란, 배, 맛살을 케첩과 마요네즈에 버무려서 만들어 주던 사라다 그리고 철마다 깨끗이 씻어 먹던 포도, 토마토, 수박, 복숭아, 딸기, 감, 바나나와 같은 싱싱한 과일들과 겨울의 귤과 군고구마가 생각납니다.

앞으로 소희도 음식에 대한 나름대로의 기호를 가지게 되면, 당신은 소희 먹을 것이랑, 내가 먹을 것이랑 요구가 많아 그것들을 요리하느라 바쁠 것이에요. 맛있는 음식을 요리해 식구들이 모여 먹는 일은 즐거운 일이잖아요?

앞으로는 당신과 내가 요리해 술 마시고 요리할 때 소희가 먹고 싶은 것도 함께 요리해서 셋이서 먹읍시다.

지금 날라 오는 무전을 받으며 행정실에서 타자를 치려니 오타가 많이 나와요. 그리고 부탁하고 싶은 것은 나중에 밥 말고도 소희와 나를 위하여 영양가가 있는 간식을 많이 해 줘요.

일요일 같은 날, 아침에 밥 먹고 나서 커피 마시고 열 시 반쯤 옥수수나 감자 같은 것 삶아 주고 점심때는 김밥을 만들어 주고 오후 3시경에는 사라다를 만들어 주고 과일도 주고, 저녁에는 포도주 곁들여 식사하고…….

음식 하나만 해도 앞으로 당신이 해야 할 일이 많군요. 소희와 나의 입과 눈빛을 생각해 봐요. 당신은 도망치고 싶을 거예요. 으이구! 저 웬수들! 하고 말이에요….

내가 할 일도 있어요. 그것도 중요한 일이에요. 이런 요리들을 할 수 있도록 재료를 마련해 주는 일과 당신에게 감사하게 생각하는 뜻에서 가끔 옷을 맞추어 주는 일 등. 할 일은 태산 같아요. 그 바쁜 나날 속에서 우리는 행복할 것이에요. 여보, 그런데 당신은 지루하고 할 일이 없으며 우리의 미래가 없다고 생각하나요?

수원에서, 당신의 충실한 반려자가

당신도 이제는
많이 지쳐가고 있어요

발신 **경기도 수원시 우만동 지만인계지구 12BL 1ROT 기동 1중대 본부 김용원**
수신 **부산시 금정구 장전1동 102-10 30통 4반 권명숙**
1989년 8월 15일

당신이 보내 준 편지를 읽고 있어요. 당신도 이제는 기다리는 일에 어지간히 지쳤던 모양이네요. 하지만 이 편지를 받고 이틀만 지나면 보름 동안 만나 볼 수 있을 것이에요. 선미가 낳았다는 딸애의 이름이 〈다미〉라고 했는데 재미있는 이름이네요. 요즘 젊은이들은 철없이 보여도 결혼하면 딸아이 이름 정도는 의젓하게 지을 수 있다니 대견해요. 형님이 낸 약방은 제발 경영이 잘 되었으면 합니다. 힘들게 마련한 약방일 것인데…….

만일 소희가 나를 닮았다면 질투도 심하고, 욕심도 많고, 별나기도 하다는 것은 틀림없는 일일 겁니다. 당신이 응모한 그 일에 대해서는 잊어버리세요. 내 손을 떠나면 잊는 게 좋아요. 소설을 읽을 땐 읽고 난 후에 반드시 정리해야 해요. 예컨대, 그 소설 주인공의 성격을 자기의 인생관에

144

비추어 한 번씩 등장인물에 대해 평가를 해 보아야 해요. 소설의 등장인물은 작가가 주장하고 싶어 만들어낸 인물이니까요.

　내가 보내준 책을 읽고 감상문을 쓰라는 것은 무엇을 주고 대가로 감상문을 요구하는 욕심 같은 것이 아니에요. 당신에게 읽고 감상하고 비판할 수 있는 능력을 주려는 것이에요. 이곳에서 내가 베풀 수 있는 관심의 하나라고 생각하며 쓰기 싫으면 안 써도 돼요. 강요하지는 않으니까. 당신 편한 대로 하세요.

　여보, 당신과 내가 피우는 꽃은 너무나 많은 인내와 거름과 햇볕과 공기, 물을 요구하는 사랑의 꽃이에요. 어떤 빛깔이며 얼마나 고운 꽃이기에 이만큼 요란할까 궁금해요. 쉽게 피고 허무하게 질 꽃은 아닌 게 틀림이 없어요. 우리 꽃을 구경하고 관심을 두는 모든 사람들을 사랑해요! 이 지겨운 군 생활은 우리의 부부생활에 세심하고 따뜻한 사랑을 아로새길 것이에요. 이만 씁니다.

수원에서 남편이

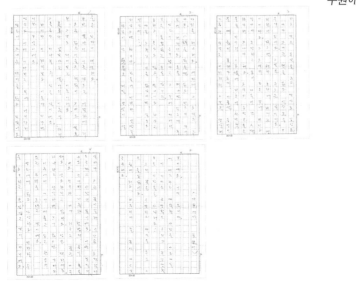

145

부부간에도
우정이 필요해요

※ 아내가 남편에게 보낸 편지

발신 부산시 금정구 장전1동 102-10 30/4 권명숙 보냄
수신 경기도 수원시 우만동 지만인계지구 12BL, 1ROT 기동 1중대 본부중대 김용원 귀하
1989년 9월 7일

여보, 우리에게는 대화가 필요해요. 난 당신이 생각하는 만큼의 속 좁은 여자가 아니에요. 나는 당신을 포용할 수 있고, 당신의 꿈에 도달할 수 있게 헌신하며 고생을 즐겁게 여기며 시간을 보낼 각오가 되어 있어요.

단 당신이 나와 소희를 사랑한다는 조건하에. 당신의 이번 휴가 때 행동은 참으로 무례했어요. 당신이 무슨 생각으로 그랬는지는 알 수 없지만, 전에 보여 주었던 당신의 모습과는 거리가 멀었어요. 난 당신이 다시는 편지하지 않고 오지도 않겠다는 말은 믿지 않아요.

내가 언젠가 당신이 군에 가면서 편지 같은 거 하지 않겠다고 다짐했듯이 잠시 그러다가 그만둘 고집이란 것을 잘 알고 있어요.

모든 걸 단정 짓고 빠른 판단은 하지 말기 바랍니다. 충분한 시간과 노력 없이 하는 말은 의미가 없으니까요. 난 당신에게 고집할 수는 없어요. 당신의 꿈이나 당신의 갈 길에 대해서…. 당신이 충분히 생각하고 뜻이 그렇다면 당신의 내조자로서 따를 뿐이에요.

하지만 경우에 따라서는 내 뜻을 숙이고 나의 생각을 이야기하고 일을 방치하면 잘못될 경우를 생각해서 더러는 악을 쓰기도 하고 할 테지만 당신이 진정으로 원한다면 나는 당신의 뜻에 따르리라.

[추신] 이날의 편지에서 아내는 구독하던 리더스 다이제스트 책 내용 중 〈부부간에도 우정이 중요하다〉라는 제하의 기사 4페이지를 찢어서 동봉하였다. 보내온 기사 중 중요부분에는 밑줄을 그어 놓았었는데 그 밑줄 내용은 다음과 같다.

- 그러나 부부 사이에 진정한 친밀감이 생기는 것은 두려움과 걱정을 함께 나눌 때이다.
- 그 사랑을 궁극적으로 시험하는 것은 우정이다. 좋을 때나 나쁠 때나 누군가가 늘 당신 곁에 있다는 느낌은 우정의 기본 요소다.
- 친구들은 서로 상대방의 다른 점을 용인한다는 사실을 까맣게 잊고 있다.
- 우리는 친구가 나와 꼭 같은 것을 요구하지 않는다.
- 어떤 분쟁은 그저 잊어버리면서 인생을 살아가야 한다.
- 많은 부부들이 자신들이 인식하고 있는 것보다 훨씬 더 상대방에 대해 이기적인 태도로 대하고 있다
- 우정은 행동이다. 우리가 우정을 북돋우기 위해 무엇인가를 했을 때, 상대를 향해 한 걸음 나아갔을 때, 상대의 관심과 요구에 부응할 때, 우정은 생기는 것이다.

여자가 줄 수 있는 건
사랑뿐이네요

발신 **김용원**
수신 **부산시 금정구 장전1동 102-10 30/4 권명숙**
1989년 10월 7일

여보, 당신의 편지 잘 받아 보았어요. 소희의 두 돌잔치 때 편지 한 장 내지 못해 부끄럽고요. 당신이 부업을 그만두는 것은 나에게는 아무런 문제가 안 돼요. 지루한 시간을 보내는 그 이상의 의미 외에 무슨 의의가 있겠으며, 이 시절 말고 또 언제 그런 부업을 해 볼 기회가 있겠어요.

나도 이제 좀 알 것 같지만, 당신이란 여자는 능력 있는 남편 만나 살림이나 하면 좋을 사람인데 그걸 알면서도 고생시키고 있는 내가 몹시 안타까워요. 당신은 돈 버는 일 하고는 거리가 있고, 벌어 주면 잘 다독거려 화목하게 살아갈 여자예요. 그러니 내가 돈을 잘 벌기를 기대해야 할 일입니다. 그렇다고 돈 버는 일에 너무 빠져서 남자의 자존심을 건드리는 건 금물이에요. 그것은 종수의 경우를 보더라도 알 수 있는 일이에요. 일도 안 되고 사람만 추하여진 꼴이에요. 나는 당신에 대해서 많은 것을 이해하지 못하고 있는 것이 부끄러워요. 당신이 허약하다는 것과 나를 맞추어주기 위해 억지로 커피를 두 잔씩이나 마시고, 아침이면 할 수 없이 잠을 자야 했던 일을 두고 나는 당신이 그냥 커피를 좋아하고 피곤하니까 자겠지 하는 정도의 생각밖에 못 했습니다.

좋은 남편은 못 되지만 이제라도 알았으니 당신께 사과합니다. 당신이 허약하다니 그것은 걱정되지만, 나중에 몸에 좋은 것도 먹고 운동도 하고 해서 튼튼하게 만들어야 해요. 우리 둘이서 함께 말이에요. 당신이 나에게 줄 수 있는 것은 사랑뿐이라는 당신의 말을 들으니 대단히 안심돼요. 그래요. 나는 당신에게 그 이상의 귀중한 것이 없을뿐더러 남자로서 그 이상을 기대하지도 않았어요. 그것 하나면 족하고 언제나 당신이 우리 식구들과 부모님들에게 효도하겠다는 약속을 실천해 주기를 지켜보겠어요.

남자의 20대를 홀로 보내는 것은 위험하겠지만, 나로 선 당신이 믿음직스럽고 사랑스러워서 내가 흔들릴 위기는 경험하지 못했어요. 살아가다 보면 그런 일도 있겠지만, 이곳이 군대이고 또 그동안 내가 받은 교육과 훌륭한 스승님들을 생각하면 쉽게 이겨 낼 수 있어요.

여자가 그리우면 당신과 지냈던 날들을 생각하면 돼요. 강청산 시인의 답장이 왔었는데 지금 출판하는 것은 자제하라고 하시고 또 나의 시에 대해 칭찬을 해 앞으로 지켜보겠다고 하셨어요. 요즘은 지방신문에 소설을 연재한다고 편지 왔어요.

여보, 종수한테서는 전화가 두 번 왔어요. 건설업 면허는 11월 22일 허가가 떨어졌어요. 앞으로 남은 일주일 안에 서울 올라오는 길에 내가 있는 이곳으로 면회를 온다고 하더군요. 그때 와서 모든 것을 이야기하자고 했고 그동안 면허 문제로 신경이 예민해져 있었다고 했어요. 그러나 여보, 그 사람은 장사꾼이지 진정한 친구는 아니에요. 어려울 때 자기 사정을 이야기하며 시일을 넘기고 피해 가는 것은 친구가 아니지요. 그러므로 인해서 봉급을 준다고 해도 12월부터 준다고 하면 11월 한 달 치 봉급을 건너뛰는 것이에요. 장사꾼의 머리는 그래요. 나는 이번 일로 해서 그가 남자가 아니고, 친구도 아니라고 못 박아 버렸어요. 장사꾼은 준 만큼 이용하려는 속성이 있어요. 그게 돕고도 표시 안 내는 친구와 다른 점이지요. 그래서 요즘 편지도 안 하고 크리스마스 때 카드도 부치지 않을 생각입니다. 몇 푼 받아야 도움이 되겠어요? 양심만 팔고…. 나는 그 사람이 도움을 주든 안 주든 의미가 없어요. 그는 나에게선 관심 없이 망각되어 가고 있습니다.

여보, 당신에게 부탁하는 일이지만 아무리 어렵더라도 옳지 못하거나 남자의 자존심을 굽히는 일은 주문하지 마세요. 당신을 생각해서 친구에게 그런 말을 내뱉었지만, 결론은 아픈 상처만 남았다는 것이에요. 그렇다고 그런 장사꾼에게서 도움을 크게 받는 것도 아니고. 그렇게 하는 것은 이전부터 당신이 말린 일이에요. 그런데 요즘 와서 그 반대로 당신이 요구했어요. 내가 군대 있을 동안 당신은 많이 약해졌어요.

여보, 당신을 사랑해요. 이 세상에는 누구를 만나는가가 아주 중요합니다. 훌륭한 사람들도 아주 많아요. 나는 나의 생각으로 그 친구는 장사꾼이 될지언정 기업가는 될 수가 없다고 생각합니다. 그릇이 그렇게밖에 되지 않아요. 그러니 그를 경계해야만 합니다. 여보, 돈 안 되는 일이지만 중요한 건 사람이 철학이 있어야 해요. 힘들다고 해서 뿌리도 다 보여 주고 흔들리면 사람답게 사는 것이 아닙니다. 휴가기간을 제외한다면 이제 제대할 날이 6개월밖에 남지 않았어요. 기다려요. 우린 사랑하니까. 그리고 어머니가 계신 만덕에도 신경을 좀 써 줘요. 어머님 혼자예요. 그럼 이만 씁니다.

수원에서 남편이

151

세상의 모든 아내는
시인입니다

발신 **경기도 수원시 우만동 지만인계지구 12BL 1ROT 기동 1중대 본부중대 김용원**
수신 **부산시 금정구 장전1동 102-10 30/4 권명숙**
1989년 10월 8일

여보, 당신이 보내 준 편지 잘 받아 보았어요. 그리고 느낀 점은 당신도 이제는 시인이 다 되었다는 느낌을 받았어요. 그만큼 훌륭한 편지를 썼어요. 나도 소희가 보고 싶어 별이 초롱초롱한 하늘의 별을 바라봅니다. 별은 소희와 닮았어요. 당신은 별을 닮지 않았지만 멀리 떠나와 보면 언제나 당신은 별로 떠 있어요. 나는 당신 같이 믿는 사람이 있어서 이 시절을 견딜 수 있어요. 당신은 순전히 한 남자 때문이지만 그래도 기다릴 만큼 사랑하는 사람이라면 울면서라도 기다려요.

수원에서 남편이

*강청산 시인이
보내온 편지

발신 **부산시 북구 화명동 22/3 1015 강청산**
수신 **경기도 수원시 우만동 지만인계지구 12블록 1로트 기동 1중대 상경 김용원 님께**
1989년 10월 11일

김 상경에게

찬 기운이 완연한 새벽바람 속에서 한풀 꺾인 풀벌레 울음소리가 여운 없이 구르다가 창문 안으로 튕기듯 들어오는 시간이오.

부지런한 농부들이 벌써 들로 나가는 기침 소리가 들리고 별빛 스러지는 동녘 하늘엔 수채화 같은 색감이 나돌아 겨울을 예감케 하오.

애정 있는 그리고 든든한 믿음이 깔린 젊은이의 글을 읽을 수 있어서 여간 기쁜 맘 아니오.

---

* 가명임. 현역 작가·시인

미워도 울 엄마이듯, 좁은 시끌벅적하고 시름시름 해도 내 나라인 대한민국 안에서 부질없어 보이기도 하는 병영생활 혹은 전경생활 중에 부끄럽게 그지없는 졸작을 읽고 편지 주신데 대하여 고마운 마음을 전하오.

저가 그 졸작을 쓰게 된 것은 〈김철수〉라는 실재 인물의 증언과 본인 나름의 취재를 통해서였는데 사실 나이가 마흔을 넘긴 저의 감각으로는 미처 소화할 수 없는 어려움이 있었던 것은 사실이오.

그러나 누군가가 기록 아닌 작품으로 남겨야 한다는 어설픈 의식이 그만 섣부른 우를 범한 것 같으오. 참으로 미안하게 여기오.

기회가 있다면 보다 광범위하고 심도 깊은 취재와 증언을 통하여 다시 쓰고 싶은 마음이오. 혹 김 상경이 저의 간곡한 필요성에 동의하셔서 제보해 주신다면 더없는 기쁨이겠소. 정치라는 허구적 정리가 아닌 역사와 의식문제 차원에서 정리되고 승화될 수 있는 일을 하고 싶어서요.

아무튼, 고맙구려. 또 편지 나눌 수 있게 되기를 기대하며, 남은 기간 동안 건강이나 챙겨서 사랑하는 가족들에게로 돌아가길 바라겠소.

참으로 고맙소.

강청산

세월은 잘
흘러가고 있어요

발신 **경기도 수원시 우만동 김용원**
수신 **부산시 금정구 장전1동 102-10 30/4 권명숙**
1989년 10월 13일

여보, 오늘 보내 준 글월 잘 받아 보았소. 오늘은 당신 편지, 재호 편지, 부산일보 김 기자님 편지, 강청산 시인이 보내 준 편지 합쳐서 4통을 한꺼번에 받아 입이 째질 뻔했어요. 그래서 88담배 한 갑 사오라고 해서 돌리고 나니 몇 까치 안 남았어요.

 하늘이 높고 맑습니다. 작년 가을도 이랬어요. 그러니 세월은 잘 가고 있는 거예요. 김 기자님이 울며 겨자 먹기 식으로 행정대학원 교우 부회장이 되었는데 술 먹는 자리에서 내 이야기도 많이 했다는군요. 강청산 시인은 많은 시집을 낸 농부시인이에요.

 여보, 우리 짧은 신혼살림도 재미있었어요. 군을 제대하고 나가면 또 한

번 신혼을 살게 될 것인데 시집, 장가 두 번 안 가고 맛볼 수 있는 즐거움이니 우리도 어지간히 복도 많은 사람들이 아니에요?

　종수에게도 편지나 전화가 오고 있어요. 어쩔 수 없이 필요에 의해 만나는 것만 같은 그 친구. 외박은 11월 초에나 갈 수 있을 거예요. 그런 것 걱정 말고 부지런히 살아요. 안녕.

남편이

서로의 얼굴을 바라만
보아도 행복할 우리

발신 **경기도 수원시 우만동 지만인계지구 12BL 1ROT 기동 1중대 김용원**
수신 **부산시 금정구 장전1동 102-10 30/4 권명숙**
1989년 10월 16일

우리는 만남부터가

사랑에 눈멀어

언약을 징표 삼을

손가락 반지 마다하고

서로의 몸을 더듬으며

이름을 부르지 않았던가

이렇게 떨어져 서로가 그리워

밤마다 이불 홋삼 적시며

쓰러져 누울지라도

만나기만 하면 외롭지 않을

기다림의 내일이 있다

우리 만나 다시 낮게 엎드린

산동네 전세방에서

기어들고 기어 나오며

가난 속을 쩔뚝이겠지만

밤이면 아직은 순결한

속 살 다 들어내고

당신은 내가 머물 항구가 되고

난 당신의 별이 되리라

잘 산다는 친구도 믿지 말고

눈치 보는 친척도 믿지 말며

닥치는 대로 뼈 으스러지도록

움직여 일구어 나가야지

이제 떨어져 사는 일 없이

정분 나누어 생긴 딸 하나 기르며

서로의 얼굴을 바라만 볼 수 있어도

행복할 우리

(졸시, 우리들, 전편)

수원, 남편이

가슴에 멍들지 않은 사람은
한 명도 없어요

발신 **경기도 수원시 우만동 지만인계지구 12BL 1ROT 기동 1중대 김용원**
수신 **부산시 금정구 장전1동 102-10 30/4 권명숙**
1989년 10월

여보, 당신의 편지는 잘 받아 보았어요. 오늘은 온종일 연병장에서 물이 고이도록 가을비가 내렸어요. 내리는 비를 맞고 서 있으면, 소희와 당신이 더욱 보고 싶어져요. 가을이 주는 센티멘탈리즘인가. 살아가는 우리의 일상이 김 기자님의 말씀처럼 신발공장에서 신발을 만드는 여공의 일상처럼 따분하고 우울할 터인데 남편을 보지 못하고, 더구나 경제적인 압박까지 느끼는 당신은 오죽이나 하겠어요? 사람들은 이 가을날 멋지게 걸어가지만, 가슴 속이 멍들지 않은 세상 사람들이 하나도 없습니다.

그래도 당신은 아이가 있고 남편이 있고 기다림이 있으니 아직은 괜찮아요. 어떤 사람들은 기다림이란 설레이는 단어와 느낌도 갖지 못하고 하루하루를 죽지 못해 사는 많은 사람들이 있습니다.

부산에는 11월 초순에는 갈 수 있을 것입니다. (11월 3일이나 아니면 6일) 여보, 당신을 사랑합니다.

수원에서 남편

나를 만나 살아온 당신의
모든 날들이 미안하오

발신 **경기도 수원시 우만동 김용원**
수신 **부산시 금정구 장전1동 102-10 30/4 권명숙**
1989년 11월 10일

여보, 수원으로 잘 올라왔어요. 집을 나올 때 소희에게 자신감 넘친 뽀뽀를 못 해주고 나온 일이 어찌나 마음에 걸리는지. 여보, 미안하오. 나를 만나 살아온 모든 날들이 미안하오.

우리 두 사람 이외에는 이 세상에 확실한 것은 아무것도 없어요.

당신 말마따나 돈 안 되는 일인 줄 알면서 10통의 편지를 쓸 것이오. 정 교수, 김 기자, 김 과장, 오재호, 창원의 매제, 강청산 시인, 이완 시인, 군대 동기, 서은덕, 성곤이, 경용이, 그리고 당신 그러고 보니 12통이나 되네.

내가 미친 것이 아니오. 이게 살아가는 것이 아니겠소. 그러고 보니 정 검사에게도 또 썼군요. 강청산 시인에게는 소포로 부쳤어요. 조만간 무슨 소식이 있을는지도 모르겠어요. 당신 말마따나 25평 아파트가 1억이라니 이게 어느 나라인지 모르겠어요.

제대해서 미쳐야겠는데 미쳐서 될 일도 아닌 것 같고 그러다 돌아버리는 것은 아닌지.

아무튼, 힘이 들더라도 참고 살아요. 부업 신경 쓰지 말고 소희 잘 돌 보아야 해요. 돈이 아무리 중요하더라도. 다음에 또 봅시다. 안녕.

수원에서 남편이

잔인한 것은
세월

발신 **경기도 수원시 우만동 지만인계지구 김용원**
수신 **부산시 금정구 장전1동 102-10 30/4 권명숙**
1989년 11월 16일

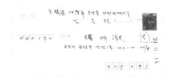

여보, 당신 생각이 나고, 보고 싶어서 편지를 씁니다. 얼마 지나지 않았지만, 별일 없이 잘 지내고 있겠지요. 편지 쓰는 일은 돈 나오는 일은 아니고 별 재미도 없는 일인 줄 알지만 지나고 보면 그리고 곰곰이 생각해 보면 이것이 진실 되고 참된 삶이에요. 사람들은 돈에 미쳐 많은 것들을 잊고 살아갑니다. 편지도 그중의 하나에요. 결혼이란 무서운 것이에요.

　연애시절 주고받던 편지는 설렘과 사랑, 그 자체였어요. 연애시절 주고받던 편지는 그리움과 사랑 그 자체였어요.
　그러던 편지가 내가 써도 돈이 안 되는 일이라서 당신이 달갑잖게 생각하지나 않나 하는 마음에서 망설여지고 또 당신이 받아 보았을 때 어떤 흥분이나 설렘이 있을까를 생각해 봅니다.

시골이 고향인 졸병이 집에 갔다 와서 감, 떡, 생강 등을 갖다 주어서 며칠째 잘 먹고 있습니다. 시골을 고향으로 둔 사람들이 부러워요. 특히 가을에는…….

우리들의 이 시절은 소리치고 그리워하고 울어보더라도 지금으로서는 아무것도 해결될 수 없다는 정답이 이미 나와 버린 비정한 세월이에요. 세월이 잔인합니다. 그렇게 좋아하는 젊은 부부들을 갈라놓고 있으니. 소희도 보고 싶어요. 이제 차츰차츰 내 기억의 일부로 소희가 자리 잡고 있어요.

여보, 힘들더라도 좀 더 견뎌요. 우리도 이렇게 비참한 시절을 만났으니 앞으로 살아가면서 이보다 더한 외로운 날이 있겠어요?

여보, 자꾸 당신 생각이 나요. 얼굴은 순수하고 복스럽게 생긴 당신이지만 당신은 정말 매력있는 여자예요. 몸조심하고 잘 자요. 지금은 밤입니다. 안녕.

수원에서 남편이

강청산 시인에게서 온
두 번째 편지

발신 **부산시 북구 화명동 22/3 1015 강청산**
수신 **경기도 수원시 우만동 지만인계지구 12블록 1로트 기동 1중대 김용원**
1989년 11월 16일

김용원 군에게

하도 바빠서 등기우편물 받아놓고 여러 날 지나서야 읽을 수 있었네. 우선 글재주가 퍽 빼어난 사람임이 분명하고, 그 글재주는 또한 부드러운 성격과 정교한 관찰력의 힘으로 뒷받침되고 있는 줄 알겠고.

먼저, 〈귀향〉은 꽤나 시를 많이 읽고 써 본 흔적을 여실히 볼 수가 있다. 시는 노래이기 때문에 연설문이나 신문기사 또는 신변잡기를 기록한 산문을 단락으로 잘라놓은 것이 아니다. 노래란 곧 문자나 문법 이전의 본질적 존재를 내적 리듬으로 형상화한 것이기 때문에 사실 이상의 힘과 감동을 가진다. 이런 점을 의식하면서 좀 더 간결한 이미지로 이야기를 승화시키면 좋을 듯.

〈나목은 - 〉. 자신감을 갖고 적극적인 사유를 했으면. 표기나 이해 혹은 화해가 곧 사랑의 실천은 아니기 때문에 절망적 상황하에서도 인간성을 끝까지 지키고 승화해 가는 경험세계로 유도할 필요가 있을 듯

〈겨울노래〉. 일단 성공할 가능성이 가장 높은 작품. 대체로 무난하다고 볼 수 있는데 탄식조나 구호성 어미에서 빨리 벗어나야 할 듯. 좀 더 치밀한 구성력을 바탕으로 말의 진실성을 노려서 재구성해 볼 것

〈도시에 - 〉. 먼저 무엇을 생각하고 있는지를 분명히 할 것. 즉 주제의식이 투철해야 한다는 말. 반어법이나 중복되는 말 대신, 하나의 풍경을 삽입해 볼 것.

전체적인 느낌으로는 좀 더 시를 공부한다면 좋은 시를 쓸 수 있겠다는 생각이나 무슨 비결이 있는 것은 아니고, 죽자 살자 습작에 매달리고, 소리 내어 읽는 것이 우선 필요할 듯. 읽으면서 걸리는 부분은 사정없이 잘라 버릴 것, 또 고쳐 쓸 것.

지방신문에 소설 연재를 시작한 탓으로 좀 바쁜 편이라 이렇게밖에 적지 못하여 죄송하네. 다시 작품을 볼 수 있기를 바라며, 건강하길 비네.

　　　　　　　　　　　　　　　　　　　　　　　　　　강청산

위문 들어온 물건을
X-mas 선물로 보냅니다

발신 **경기도 수원시 우만동 지만인계지구 12BL 1ROT 기동 1중대 김용원**
수신 **부산시 금정구 장전1동 102-10 30/4 권명숙**
1989년 12월 18일

여보, 또 한해가 이렇게 가고 있어요. 그동안 세월이 흐르고 아이가 컸고 전셋값이 올라 버린 것 이외에는 우리의 사랑은 변함이 없으리라 믿어요.

연말연시를 다 같이 축하합시다. 여기 몇 가지 사서 보내는데 내가 실제로 준비한 것은 없어요.

소희에게 보내는 과자는 위문 들어 온 위문품으로 보내는 것이고, 크레용은 손에 묻지 않도록 끼우개와 크레용 깎기가 들어있고, 덧신은 당신 하나, 장모님 하나, 겨울이라 때 묻지 않게 어두운색으로 했어요.

가죽장갑은 두 개인데 하나는 위문 들어 온 것이고, 곽에 들어가 있는 것은 창원에 형기 씨가 선물로 보내온 것인데 나는 별로 쓸 일이 없어요.

그 사람의 성의로 보아서는 헤어지도록 써야 할 일이지만 이곳에는 쓸 일이 없구려.

그러니 그것은 처남을 주도록 하세요. 나머지 위문 들어온 장갑은 장인 어른께 드리고.

앞으로 살아갈 날이 많은 날들을 누구에게 선물하고 살고 싶은데 나가서 그것이 잘 될 것인지 알 수가 없네요.

조그마한 덧 신이지만 당신에게 선물할 수 있게 되어 정말 기뻐요. 여보, 힘이 들지만 서로 의논해 가면서 우리 살아갑시다. 잘 있어요.

수원에서 남편이

살아있을 때 철저히
사랑해야만 해요

발신 **경기도 수원시 우만동 김용원**
수신 **부산시 금정구 장전1동 102-10 30/4 권명숙**
1989년 12월 26일

여보, 요즘 같은 날 식구와 함께 있지 못해 당신에게 미안해요. 크리스마스이브 날에는 경용이가 아이들처럼 면회를 와 주어서 우리는 고등학교적 까까머리들처럼 명동을 걸어 다니고 영화도 보고 술도 마셨어요. 위암으로 고생하던 경용이의 여동생은 죽었어요. 우리는 명동을 누비는 많은 사람들을 보니 이런 좋은 날도 보지 못하고 스물여섯 살의 젊은 나이에 가버린 경숙이를 생각하며 술을 많이 마셨어요.

죽으면 사랑도 무상하니 살아있을 때 철저히 사랑해야 해요. 휴가는 3월 13일경부터 15일간이 될 것 같아요.

여보, 당신을 사랑해요. 앞으로 우리가 헤쳐나가야 할 사랑과 벌어야 할 돈을 생각하면, 우리는 얼마나 많은 일들을 겪어야 하는지 알 것 같아요. 내년 6월까지는 쉰다고 생각합시다. 소희의 목소리는 당신을 닮은 것 같아요.

수원에서 남편이

연말에 어머니를
찾아주어 고마워요

발신 **경기도 수원시 우만동 지만인계지구 김용원**
수신 **부산시 금정구 장전1동 102-10 30/4 권명숙**
1990년 1월 3일

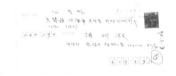

당신이 걸어 준 2번의 전화가 기억에 남아요. 특히 연말에 어머니 곁에 갔었다니 정말 고마워요. 사람이란 늙으면 외로운 것이지요. 당신의 시어머니는 여러 가지 사정으로 볼 때 더욱 그러합니다.

1월 중에 외박은 26일 오후에 부산에 가서 1월 28일 점심에 올라오게 되어 있어요. 그것도 이곳 동료들이 명절에 갈 수 있도록 배려를 해 주었어요.

정기휴가는 3월 13일~3월 27일까지 15일간으로 되어 있고, 말년 휴가는 6월 10일경~6월 25일까지 15일이고 6월 26일 날 제대하는 것으로 되어 있어요.

앞으로 상당한 기간이 있으나 휴가 등으로 시간이 그럭저럭 갈 것이에요. 당신과 어서 만나 사람 사는 것 같은 세월을 살아보고 싶어요. 당신의 목소리에도 힘이 있으니 그 낙으로 살아갑니다. 당신이 없었으면 이 세월을 못 견디어 내었을 것이에요. 그리고 소희는 아빠, 아빠! 그 말밖에 못 하더군요. 어서 말을 배워 소희와 대화하고 싶은데.

여보, 그럼 그때 봅시다. 그리고 1월 26일에는 구포에서 내려 바로 먼저 만덕에 있는 어머니 집으로 걸 것이니 그리 알고 준비하세요. 2층에 불이 안 들어와 그것도 걱정이고. 형수님이나 형님도 같이 올 수 있도록 전화도 해 보고 하세요.

구포역에서 만덕까지 가까운 거리이니 마중 나올 필요는 없겠어요. 내리면 바로 전화하고 갈 것이니까. (형님 집 전기스토브에 우리 집 전기장판을 보태면 2층을 쓸 수 있을 것 같은데…) 아무튼 잘 있어요.

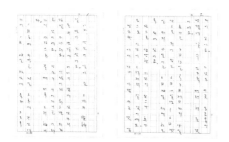

지금은 재결합을 위해 단단한 팀워크를 준비하는 시간

발신 **경기도 수원시 우만동 지만인계지구 12BL 1ROT 기동 1중대 김용원**
수신 **부산시 금정구 장전1동 102-10 30/4 권명숙**
1990년 1월 14일
(이 편지는 옮기면서 일부분 추가 및 삭제하였다.)

우리가 헤어져 있는 동안 인간을 이해하고 사랑하고 함께 어려움을 달래주는 결합의 튼튼한 팀워크를 훈련하는 기간이라면 그래도 괜찮다는 생각을 합니다. 그렇지 않다면 이 답답하고 정지한 듯한 시간은 파멸이에요. 만일 어려움에 당하여 견디며 팀워크를 다지는 훈련 기간이라면 시간이 흐를수록 행복해질 거로 생각합니다. 당신에 대한 나의 절절한 사랑도 이제는 당신이 알겠고….

　돌이켜 생각해 볼 때 전번에 당신이 나를 마중 나왔을 때에 입었던 옷은 정말 마음에 들었어요. 당신도 신경 쓰고 가꾸면 옛 처녀시절처럼 아름다워질 수 있다는 것을 알았어요. 나는 그때 입고 단장했던 당신의 그 스타일이 좋아요. 아아, 생각할수록 그립구려. 여보, 그럼 안녕, 안녕.

남편

당신이 싸준 도시락을 먹으며
정말 미안했어요

발신 **경기도 수원시 우만동 지만인계지구 12BL 1ROT 기동 1중대 김용원**
수신 **부산시 금정구 장전1동 102-10 30/4 권명숙**
1990년 1월 20일

여보, 부대로 올라오는 날 기차가 30분 정도 있어야 출발해야 했기 때문에 나는 도시락을 가지고 구포 둑으로 내려갔어요. 낙동강을 앞에 두고 갈매기 날아다니는 그곳에서 남의 시선은 아랑곳하지 않은 채 김밥을 먹었어요. 자연을 배경 삼아. 그때 생각이 드는 것은 당신이 싸준 도시락을 먹고 있으니 나 자신이 부끄러웠어요. 판사나 검사가 되어 당신에게 쓸 돈도 많이 주고 당신 인생도 설계할 수 있도록 해주는 남편도 못되면서 한낱 졸병인 내가 정성이 가득 담긴 당신의 도시락을 먹고 있으니 왠지 부끄러운 생각이 들었어요.

그리고 술은 차창을 바라보며 기차 안에서 마셨어요.

정말 돌아오는 길이 행복한 순간들이었어요. 그리고 오는 날 아침에 있었던 일도. 우린 없는 것만 극복된다면 행복한 부부들이 아닐까요.

부대로 올라와서 전화한 곳은 돼지 잡는 도축장이었어요. 위문 들어온 살아있는 돼지를 대원들이 먹을 수 있도록 도축하러 간 것이었는데 마침 그날은 조합장선거가 있어 돼지를 잡지도 못하고 그냥 돌아왔기 때문에 월요일 다시 가야 해요.

내가 없는 동안 집안 정리할 것 잘하고(빨래, 정리해서 없을 것은 없애고) 있어요. 그러다 보면 시간이 흐를 것입니다. 여보, 다음에 또 쓸게요. 안녕.

수원, 남편

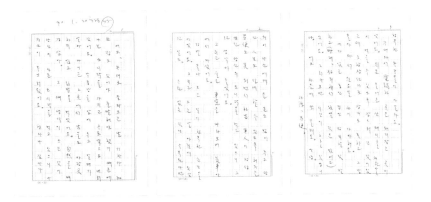

말년에 출동 안 나가고
부대에서 소일하고 있어요

발신 경기도 수원시 우만동 지만인계지구 12BL 1ROT 기동 1중대 김용원
수신 **부산시 금정구 장전1동 102-10 30/4 권명숙**
1990년 3월 30일

여보, 이곳에도 봄이 왔어요. 오늘 우리 부대는 지방노동위원회에 출동을 나가 한산한 편입니다. 나처럼 출동 안 나가는 제대 1달, 2달 남겨둔 말년 고참들은 텔레비전을 보며 이렇게 소일하고 있어요.

부탁한 학교, 대학원 성적 증명서 3통씩과 그것을 속달등기, 돈 만 원 넣어 주시라는 것들은 취직원서나 한번 넣어 볼까 하는 생각 때문입니다.

회사는 럭키, 금성그룹인데 당신이 취직을 원하니까 그러는 것이니 귀찮게 생각하지 마시고(아마 된다면 럭키건설).

전형은 1차가 서류전형이고 2차가 면접이에요. 어려운 일이지만 한 번 아니, 열 번이라도 해보는 것이죠. 남 신세 지기보다는. 자, 그럼 안녕.

남편

그 이후
그들의 시간들

편지는 여기서 끝나게 된다. 아마 제대일이 가까워져 올수록 바빠져서 더는 편지를 쓰지 못한 것 같다. 시간은 갑자기 달려왔고 그렇게 기다리고 기다리던 제대일은 태풍처럼 당도했다. 1990. 6. 26일 제대해서 사랑하는 아내와 딸 소희가 기다리는 집으로 돌아갔다.

하지만 그날은 어느 날의 편지에서 썼던 것처럼 아내와 딸아이와 함께 경부선 하행 식당차에서 맥주를 마시며 여유로운 귀향을 하지는 못했다. 마중 나오는 이 없이 그저 사무적이고 지극히 평범하게 부대를 혼자 나서 수원과 부산을 오르내리던 기차를 타고 멋없이 부산으로 내려갔다.

먼저 어머니가 있는 만덕에서 식구들을 만났다. 홀로 계신 어머니를 먼저 뵙고 그곳에서 인사를 드리고 하룻밤을 잔 후, 아내와 함께 아내가 생활하던 친정집으로 돌아갔다.

그 후로 28년의 세월이 흘렀다. 그동안 출세하지도 돈을 많이 벌지도 못했다. 어린 소희는 현재 서른 살의 아가씨가 되어 시집을 갔으며, 아내가 마흔세 살에 늦둥이를 낳아 중학교 1학년인 소명이와 함께 현재 파주

금촌에 정착해서 살고 있다.

군대를 나와 친구 종수의 회사에서 잠시 일을 봐 주다가 고시학원을 2년간 운영했으며 그 학원을 접고 서울로 올라와 숙명여대에서 8년을 근무했고, 부동산 사무실을 4년 동안 운영하였으며 그 후로 현재까지 서울 신촌에 있는 교회에서 사무장으로 12년째 근무하고 있다.

사무장 근무 중 군입대로 인해 중단되었던 학업을 계속해 숭실대학교에서 가족법으로 법학박사학위를 받고 몇 군데의 대학에 출강하였으며, 시집과 소설, 에세이 등 10권의 책을 쓰며 작가가 되었다. 경제적으로는 어려운 생활을 했다. 은행잔고는 늘 마이너스였고 주택담보대출에 허덕이는 평범한 도시 가장 중의 한 사람으로 살아가고 있다. 하지만 두 사람의 사랑만은 변함이 없어서 지금도 30년 전 그때의 그리움과 사랑으로 서로를 위하고 다독이며 아름답게 살고 있다.

그리움은
힘이 세다

선녀와 나무꾼을 닮은 두 선남선녀가 있었다. 남자는 박사과정을 밟으며 교수로 채용되기 직전에 있었던 젊은이였으나 군대를 갔다 오지 않은 상태였다. 한창 순항을 하고 있을 때여서 군대는 석사장교 시험을 쳐서 6개월 정도 훈련받으면 될 것으로 생각하고 큰 염려를 하지 않았었다. 여자는 이런 남자를 믿고 결혼하여 딸 아이를 낳았다. 하지만 남자는 생각지도 않게 시험에 떨어졌고 설상가상으로 아이가 태어나자마자 징집되어 군대에 가게 된다.

여자는 남편이 군에 간 사이 혼자 딸아이를 키우면서 남편이 제대하기만을 손꼽아 기다렸다. 가끔 군에서도 외출이나 휴가 같은 것이 있었지만 두 사람의 사랑을 확인하는 방법은 수원과 부산을 오간 서신의 왕래였다. 이 기간에 남편은 아내보다 더 많은 양의 편지를 썼다. 편지에는 사랑이 길을 잃고 헤맬 때 두 연인이 몸부림을 치는 모습이 소상하게 나타나 있다. 그런 상황이 된다면 이 책을 읽는 우리들은 과연 어떤 태도를 보일까 하는 것이 궁금하다.

살다 보면 군대나 유학을 가는 일도 있을 것이고, 한 때 잘못하여 교도소에 가는 등 이런저런 사정으로 그리운 이들과 생이별을 해야 하는 경우가 있다. 이럴 때 상대나 자신을 원망하며 좌절하거나 변절할 수도 있을 것이다. 하지만 편지의 주인공들은 시간만이 해결해 줄 수밖에 없는 생이별 앞에서 기도하듯 편지를 쓰며 상대와 자신들의 불우한 처지를 달래야만 했다. 그들의 편지는 하소연이었고, 기도였으며, 자신들의 삶에 대한 반성이자 결단이기도 했다. 사람들은 편지를 쓰면서 각자의 상처를 치유하기도 하고 새 힘을 얻기도 한다. 적어도 나의 경우는 그랬다.

요즘은 국내외 어느 곳이나 스마트폰이나 이메일로 서로의 안부를 물을 수 있지만, 손편지만큼 감동을 주지는 못하는 것이 사실이다. 시대가 편리해진 대신 우리는 감동을 잃어버리게 된 것이다. 자신이 처한 현재의 입장과 감정을 가능한 글로 써서 표현해 보라. 표현은 인간에게 요구되는 아름다운 일이며 그 사람의 능력이기도 하며 나를 상대에게 알릴 수 있는 소중한 수단이기도 하다. 하나님이 피조물인 우리를 굽어살펴 주시듯이 각자가 쓰고 표현하는 일은 우리 자신을 스스로 구원하는 능력이 될 것이다.

여기 편지에도 잘 나타나 있지만 서로를 많이 그리워하라. 그리움이 클수록 살아갈 날이 복 되다고 말할 수 있다. 나의 경험으로 볼 때 그리움은 분명 소중한 에너지고 사랑의 크기를 의미했다. 그리움이 태산만큼이나 커졌을 때 두 사람은 한 백 년 정도는 무사히 해로할 수 있을 것 같다는 생각이다. 그리움이 적었다면 두 사람의 앞날은 길지 못했을 것이다. 살아 있는 생명이란 무엇에든 갈구하고 갈망하고 그리워하는 것이다.

그런 점에서 나는 젊은 날 아내와 가족을 26개월 동안 원도 한도 없이 그리워해 보았다. 그때의 그리움이 지금 아내와 31년을 해로하게 했고 앞으로 남은 30년 이상의 세월을 능히 살아가게 할 것이라고 믿는다. 그리움은 힘이 세다. 그리움이 크고 깊을수록 사랑 또한 크고 견고하다. 그리고 다른 사람의 그리움도 따스한 눈으로 바라볼 수 있게 만든다. 이 책을 읽으며 그런 그리움의 바다에 한번 풍덩 빠져 보기 바란다.

우리 이제, 다시는 헤어져 살지 말자

제9요일　<small>이봉호 지음 | 280쪽 | 15,000원</small>

4차원 문화중독자의 창조에너지 발산법　창조능력을 끌어올리는 '세상에서 가장 쉽고 가장 즐거운 방법들'을 소개했다. 제시한 음악, 영화, 미술, 도서, 공연 등의 문화콘텐츠를 즐기기만 하면 된다. 파격적인 삶뿐 아니라 업무력까지 저절로 향상되는 특급비결을 얻을 수 있다. 무한대의 창조 에너지가 비수처럼 숨어있는 책이다.

광화문역에는 좀비가 산다　<small>이봉호 지음 | 240쪽 | 15,000원</small>

4차원 문화중독자의 탈진사회 탈출법　대한민국의 현주소는 좀비사회 1번지! 천편일률적 인 탈진사회의 감옥으로부터 유쾌하게 탈출하는 방법을 담고 있다. 무한속도와 무한자본, 무한경쟁에 함몰된 채 주도권을 제도와 규율 속에 저당 잡힌 우리들의 심장을 향해 날카로 운 일침도 날린다.

나는 독신이다　<small>이봉호 지음 | 260쪽 | 15,000원</small>

자유로운 영혼의 독신자들, 독신에 반대하다!　치열한 삶의 궤적을 남긴 28인의 독신이야기! 자신만의 행복한 삶을 창조한 독신남녀 28人을 소개한다. 외로움과 사회의 터울 속에서 평생 을 씨름하면서도 유명한 작품과 뒷이야기를 남긴 그들의 스토리는 우리의 심장을 울린다.

H502 이야기　<small>박수진 지음 | 284쪽 | 15,000원</small>

희로애락 풍뎅이들의 흥미진진한 이야기　인간이 만든 투전판에서 전사로 키워지며, 낙오하 는 즉시 까마귀밥이 되는 끔찍한 삶을 사는 장수풍뎅이들. 주인공인 H502는 매일 살벌한 싸 움을 하는 상자 속에서 힘을 키우며 강해지고 단단해지는 비법을 전수받는다. 그러던 어느 날 상자 밖으로 탈출할 절호의 기회가 찾아와 목숨을 거는데 과연 성공할 수 있을까.

나쁜 생각　<small>이봉호 지음 | 268쪽 | 15,000원</small>

자신만의 생각으로 세상을 재단한 특급 문화중독자들　세상이 외쳐대는 온갖 유혹과 정보를 자기식으로 해석, 재단하는 방법을 담았다. 피카소, 아인슈타인, 메시앙, 르코르뷔지에, 밥 딜런, 시몬 볼리바르, 전태일, 황병기, 비틀스, 리영희, 마일스 데이비스, 에두아르도 갈레아노, 뤼미에르 형제, 하워 드 진, 미셸 푸코, 마르크스, 프로이트, 다윈 등은 모두 '나쁜 생각'으로 세상을 재편한 특급 문화중독자 들이다. 이들과 더불어 세상에 저항했고 재편집한 수많은 이들의 핵 펀치 같은 이야기가 펼쳐진다.

그는 대한민국의 과학자입니다 　 노광준 지음 ¦ 616쪽 ¦ 20,000원

황우석 미스터리 10년 취재기 　 세계를 발칵 뒤집은 황우석 사건의 실체와 그 후 황 박사의 행보에 대한 기록. 10년간 연구를 둘러싸고 처절하게 전개된 법정취재, 연구인터뷰, 줄기세포의 진실과 기술력의 실체, 죽은 개복제와 매머드복제 시도에 이르는 황 박사의 최근근황까지 빼곡히 적어놓았다.

대지사용권 완전정복 　 신창용 지음 ¦ 508쪽 ¦ 48,000원

고급경매, 판례독법의 모든 것! 　 대지사용권의 기본개념부터 유기적으로 얽힌 공유지분, 공유물분할, 법정지상권 및 관련실체법과 소송법의 모든 문제를 꼼꼼히 수록. 판례원문을 통한 주요판례분석 및 해설, 하급심과 상고심 대법원 차이, 서면작성 및 제출방법, 민사소송법 총정리도 제공했다.

음악을 읽다 　 이봉호 지음 ¦ 221쪽 ¦ 15,000원

4차원 음악광의 전방위적인 음악도서 서평집 40 　 음악중독자의 음악 읽는 방법을 세세하게 소개한다. 40권의 책으로 '가요, 록, 재즈, 클래식' 문턱을 넘나들며, 음악의 신세계를 탐방한다. 신해철, 밥 딜런, 마일스 데이비스, 빌 에반스, 말러, 신중현, 이석원을 비롯한 수많은 국내외 뮤지션의 음악이야기가 담겨 있다.

남편의 반성문 　 김용원 지음 ¦ 221쪽 ¦ 15,000원

"나는 슈퍼우먼이 아니다" 　 소통 없이 사는 부부, 결혼생활을 병들게 하는 배우자, 술과 도박, 종교에 빠진 배우자, 왕처럼 군림하고 지시하는 남편, 생활비로 치사하게 굴고 고부간 갈등 유발하는 남편. 결혼에 실패한 이들의 판례사례를 통해 잘못된 결혼습관을 대놓고 파헤친다. 결혼생활을 지키기 위해 알아야 할 기본내용까지 촘촘히 담았다. 기본 인격마저 무너지는 비참한 상황에 놓인 부부들, 막막함 속에서 가족을 위해 몸부림치는 부부들 이야기까지 허투루 볼 게 하나 없다.

몸여인 　 오미경 지음 ¦ 서재화 감수 ¦ 239쪽 ¦ 14,800원

자녀와 함께 걷는 몸여행 길! 　 동의보감과 음양오행 시선으로 오장육부를 월화수목금토일, 7개의 요일로 나누어 몸여행을 떠난다. 몸 중에서도 오장(간, 심, 비, 폐, 신)과 육부(담, 소장, 위장, 대장, 방광, 삼초)가 마음과 어떻게 연결되고 작용하는지 인문학 여행으로 자세히 탐험한다. 큰 글씨와 삽화로 인해 인체에 대해 궁금해하는 자녀에게 쉽고 재미있게 설명해줄 수 있다.

대통령의 소풍　김용원 지음 ┃ 205쪽 ┃ 12,800원

인간 노무현을 다시 만나다! 우리 시대를 위한 진혼곡　노무현 대통령을 모델로 삶과 죽음의 갈림길에 선 한 인간의 고뇌와 소회를 그렸다. 대통령 탄핵의 실체를 들여다보고 우리의 정치현실을 보면서 인간 노무현을 현재로 불러다들인다. 작금의 현실과 가정을 들이대며 역사 비틀기와 작가적 상상력으로 탄생한 정치소설이다.

어떻게 할 것인가　김무식 지음 ┃ 237쪽 ┃ 12,800원

나를 포기하지 않는 자들의 자문법　절대 포기하지 않고 끈질기게 도전하면서 인생을 바꾼 이들의 자문자답 노하우로 구성하였다! 정상에 오르기 위해 스스로를 연마하고 자기와의 싸움에서 승리한 자들의 인생지침을 담은 것 포기하지 않는 한 당신에게도 기회가 있다. 공부하고 인내하면서 기회를 낚아챌 준비를 하면 된다. 당신에게도 신의 한 수는 남아 있다! 이 책에 그 방법이 담겨 있다.

탈출　신창용 지음 ┃ 221쪽 ┃ 12,800원

자본과 시대, 역사의 횡포로 얼룩진 삶과 투쟁하는 상황소설　자본의 유령에 지배당하는 나라 '파스란'에서 신분이 지배하는 나라인 '로만'에 침투해, 로만의 절대신분인 관리가 되고자 진력하는 'M'. 하지만 현실은 그에게 등을 돌리고 그를 비롯한 인물들은 저마다 가진 존재의 조건으로부터 탈출하려고 온몸으로 발버둥치는데… . 그들은 과연 후세의 영광을 위한 존재로서 역사의 시간을 왔다가는 자들인가 아닌가…

흔들리지 않는 삶은 없습니다　김용원 지음 ┃ 187쪽 ┃ 12,800원

나의 삶을 지탱해주는 것들 100　삶을 끝까지 지속하게 하는 100가지 이야기! 세상으로부터 상처받고 좌절하며 심하게 흔들렸지만, 그 흔들림으로부터 얻은 소소한 깨달음을 기록했다. 몸부림치며 노력했던 발자취를 짧고 간결한 글과 사진으로 옮겼다. 세상을 돌아가게 하는 공공연하면서도 은밀한 암호들에 대해 해독하는 방법도 깨칠 수 있다.

하노이 소녀 나나　초이 지음 ┃ 173쪽 ┃ 11,800원

한국청년 초이와 베트남소녀 나나의 달달한 사랑 실화!　평범한 가정에서 평범하게 자라 평범한 30대 중반의 직장인, 평범한 생활, 평범한 스펙, 평범한 회사에 다니다가 우연히 국가지원 프로젝트를 맡으면서 베트남 생활을 하게 된다. 아이 같은 아저씨와 어른 같은 소녀의 조금은 특별한 이야기. 서울과 하노이… 서른여섯, 스물셋…. '그들 사랑해도 될까요?'

STICK

사랑합니다, 스틱! 스틱은 당신을 응원합니다.
가까이 있는 감성을 생각합니다, 멀리 있는 그대를 그리워합니다, 가족을 사랑합니다.

이 책을 읽을
당신과 함께
하고 싶습니다!

카 페 **cafe.naver.com/stickbond**
블로그 **blog.naver.com/stickbond**
포스트 **post.naver.com/stickbond**

stickbond@naver.com

이 책을 읽은
당신과 함께
하고 싶습니다!